常恨言语浅，不及人意深。今朝两相视，脉脉万重心。

旧时光的爱恋

遗落在岁月中的老情书

徐志摩 等著

在时光的洪荒中，不早不晚，就在此刻，我们遇见爱情。

中国华侨出版社

图书在版编目（CIP）数据

旧时光的爱恋：遗落在岁月中的老情书 / 徐志摩等著. — 北京：中国华侨出版社，2014. 2

ISBN 978-7-5113-4444-1

I. ①旧… II. ①徐… III. ①书信集 - 中国 - 现代 IV. ①I266.5

中国版本图书馆CIP数据核字（2014）第031341号

•旧时光的爱恋：遗落在岁月中的老情书

著　　者 / 徐志摩等

责任编辑 / 文　筝

责任校对 / 孙　丽

经　　销 / 新华书店

开　　本 / 787毫米×1092毫米　1/32　印张 / 8.5　字数 / 220千字

印　　刷 / 北京中振源印务有限公司

版　　次 / 2014年5月第1版　2014年5月第1次印刷

书　　号 / ISBN 978-7-5113-4444-1

定　　价 / 32.00元

中国华侨出版社　北京市朝阳区静安里26号通成达大厦3层　邮 编：100028

法律顾问：陈鹰律师事务所

编辑部：（010）64443056　传真：（010）64439708

发行部：（010）64443051

网　址：www.oveaschin.com

E-mail：oveaschin@sina.com

编辑手记

我是一个喜欢怀旧的人，总是喜欢在不经意间翻腾自己收纳旧物件的一个大方盒子。里面有几张明星贴纸、一张黑白照片、一张音乐贺卡、一盘带有年华回音的卡带、一罐浅蓝色的小星星、几只用香薰卡纸叠就的千纸鹤，还有早已泛黄的信笺，以及写满情笺的故事……所有的这些，都是被岁月眷顾但早已箍紧的秘密。

这些琐碎的东西充满着韵味，情书则是韵味最深的东西。记得第一次写情书，是在高中。我迷恋着一个人，那个人16岁，有一张肖似漫画人物的脸，打一手漂亮的好篮球。

每周，我都会偷偷地伏在课桌上给他写信。淡蓝色的信纸，有微微的清香，我小心翼翼地在上面写着每一个字，生怕污了这美丽的信笺，也怕弄坏了喜欢他的美丽心情。

信的第一句话是千年不变的四个字：见字如面。他明明就坐在我后排的右边的右边，但这四个字，让我有种跨越万水千山的惘然。

然而，那些信自始至终都没有交给他，我终究是个内心狂热、行为怯懦的人。

指尖拂掠之处，仍有微凉，不过，我庆幸的是，我生活的那个年代还有情书，可以把那个青涩单薄的年纪，似含苞待放的花蕾，钦羡着爱的蜜意与娇羞的心思肆无忌惮地诉与。

如今，随着信息传播日新月异的发展、手机电脑的普及，人们渐渐地习惯了敲打着冰冷的键盘，甚至连最简单的字有时候也忘了该如何去写，纸质情书变成了极为奢侈的东西。那些被打上岁月邮戳的信笺，亦如褶皱的心事，从人们的视野黯然淡退；那些曾在信纸上耕耘，镌刻下如梦诗行的恋人也已消失。不过，“情书”却如人心间的朱砂痣，惹得人断肠梦未还。因为，泛黄的旧情书不褪色的文字里，依然住着你我他，留有余温，折射那些美好岁月里最初的悸动和美丽：

“我行过很多地方的桥，看过许多次数的云，喝过许多种类的酒，却只爱过一个正当最好年龄的人。”

“有好多话要藏在心底，专等一个人……等她一世都没有踪迹，宁可不作声。”

“梦醒来，我身在忘川，立在属于我的那块三生石旁，三生石上只有爱玲的名字，可是我看不到爱玲你在哪儿，原是今生今世已惘然，山河岁月空惆怅，而我，终将是要等着你的。”

“我不是诗人，否则一定要做一些可爱的梦，为着你的缘故……我多么愿意自己是个诗人，只是为了你的缘故。”

呵，要有怎样的深情，才会说出这样美丽的情话。世间任何一个女子，看到这样直抵心头的文字，即使心如坚冰，也该融化了吧！

在那些才子佳人的情书里，即使琐碎的生活，也能让其美得像一首仄仄平平的诗词，或婉约，或豪放，或淡然，或静谧，每每读来，至诚的文字总让人有种无法自拔的沉醉，总有按捺不住的冲动和渴望，想要穿越时光的隧道，回到那段旧日时光，深深探入他们的爱情里，看一看那时，正当最美年华的他们。

目录

CONTENTS

朱湘 · 刘霓君

庐隐 · 李唯建

徐志摩 · 陆小曼

高君宇 · 石评梅

沈从文 · 张兆和

萧红 · 萧军

郁达夫 · 王映霞

白薇 · 杨骚

瞿秋白 · 杨之华

朱生豪 · 宋清如

后记

林觉民·陈意映

觉（遥寄林觉民）

——许常德 齐豫

觉

当我看见你的信

我竟然相信

刹那即永恒

再多的难舍和舍得

有时候不得不舍

觉

当我回首我的梦

我不得不相信

刹那即永恒

再难的追寻和遗弃

有时候不得不弃

爱不在开始

却只能停在开始

把缱绻了一时

当作被爱了一世

你的不得不舍和遗弃都是守真情的坚持

我留守着数不完的夜和载沉载浮的凌迟

谁给你选择的权利让你就这样的离去

谁把我无止境的付出都化成纸上的

一个名字

如今

当我寂寞那么真

我还是得相信

刹那能永恒

再苦的甜蜜和道理

有时候不得不理

> 凭你的瘦弱身体，
> 一定经受不住失去我的悲痛，
> 我先死，把痛苦留给你，
> 我内心不忍，
> 所以宁愿希望你先死，
> 让我来承担悲痛吧。

刹那即是永恒

他叫林觉民，是当时颇负盛名的才子，风流倜傥，思想超前。她叫陈意映，出身名门，自幼在书香门第长大，知书达理，能诗善文。

父母之命，媒妁之言，光绪三十一年，在彼此都不熟识的情况下，他们稀里糊涂地成了夫妻。从此，他是她的夫，她是他的妻。

婚后一年，正是感情浓厚之时，她产下一子。彼时，他尚在福建大学堂接受民主革命思想教育，有着那个时代进步青年特有的豪情与热血。他深受西方学说的影响，认定文化救不了中国，于是，在完成了学业后，离开妻儿漂洋过海，于1906年自费留学日本，去寻求救国救民的真理。

分别的日子里，她在家独守空房，侍奉年迈的双亲，照料孩子，对此，他深怀感激与愧疚。在日本，他参加了同盟会，积极从事革命活动。虽为新婚燕尔，但是他和她只有在他每年暑假回家时才能见上一面。

当他预料到革命的艰难与危险之时，他便抱着必死的决心，誓将萤火之光，投身在这黑暗的世界，哪怕一瞬即被湮没。

这一日，他与她本浓情蜜意，他却沉重地对她说，希望她能先他而死。

她不解其意，甚至闻言而怒。他解释道：“凭你的瘦弱身体，一定经受不住失去我的悲痛，我先死，把痛苦留给你，我内心不忍，所以宁愿希望你先死，让我来承担悲痛吧。”这些话，在《与妻书》中也曾提到，他说：“吾之意，盖谓以汝之弱，必不能禁失吾之悲，吾先死留苦与汝，吾心不忍，故宁请汝先死，吾担悲也。嗟夫，谁知吾卒先汝而死乎！”

是的，这是天意，也是人为。谁也不曾预料到他会先她而去，而且，去得那么急。

那年春天，得知黄兴等在香港筹划广州起义，他遂赴香港，迎接从日本归来参加起义的革命同志。1911年4月24日，这个日子他不会忘记，她也不会忘记。夜深人静之时，在临近江边的一幢小楼上，他想到即将打响的生死未卜的起义，想到家中的弱妻稚子，泪不能禁。他展开一块方巾，彻夜疾书，写下了给妻子陈意映的绝笔信。

天亮后，他把这篇感人肺腑的《与妻书》交给一位朋友，叮嘱道：“我死，幸为转达。”

3天后，广州起义打响。他在随黄兴攻打总督衙门时腰部中弹，不幸被捕，之后从容就义，年仅25岁的他成为了黄花岗七十二烈士之一。

得知他牺牲的消息，她悲痛欲绝。几经辗转，他给她的那封《与妻书》终于交到了她的手上，她颤抖着双手展开那张白巾。

“意映卿卿如晤：吾今以此书与汝永别矣！吾作此书时，尚为世中一人；汝看此书时，吾已成为阴间一鬼。吾作此书，泪珠和笔墨齐下，不能竟书而欲搁笔……”她轰然倒地，不省人事。

正如他所说，她瘦弱的身体无法承受他先她而去的伤悲。她心灰意冷，甚至萌生了自杀的念头，欲跟随他而去。他的双亲跪地相求，她看着年幼的孩子，终不忍抛他而去，方才放弃了自杀的念头。

然而，自他走后，她便郁郁寡欢，忧思成疾。仅过了一年多，她便病故，为他们的爱情故事画上了一个酸楚的句号。

夜深人静，独立寒窗，一个女人的低泣不知能不能传到那冷清的黄花山岗，能不能将她的思念转达？在短暂的人生旅程中，他们匆忙地走到一起，不是自由恋爱，却依然情深义重。

多年过后，台湾女歌手齐豫以她的语气，唱过一首叫《觉（遥寄林觉民）》的歌，歌词凄婉动人：

觉
当我看见你的信
我竟然相信
刹那即永恒
再多的难舍和舍得
有时候不得不舍
觉
当我回首我的梦
我不得不相信
刹那即永恒
再难的追寻和遗弃
有时候不得不弃
……

黄花岗七十二烈士中，许多人知道他的名字，也是因为他给她的一方白巾。历史尘埃落定，那些战争、岁月、权柄、荣耀，都会渐渐被世人淡忘，而忘不掉的，是他们的爱情。

所以齐豫唱道，刹那即永恒。

因为早在百年前，在他下笔的那一刻，他们的名字与爱情，便注定了会永远活在纸上，成为永恒的传奇。

《与妻书》原文

意映卿卿如晤：

吾今以此书与汝永别矣！吾作此书时，尚是世中一人；汝看此书时，吾已成为阴间一鬼。吾作此书，泪珠和笔墨齐下，不能竟书而欲搁笔！又恐汝不察吾衷，谓吾忍舍汝而死，谓吾不知汝之不欲吾死也，故遂忍悲为汝言之。

吾至爱汝！即此爱汝一念，使吾勇于就死也。吾自遇汝以来，常愿天下有情人都成眷属；然遍地腥云，满街狼犬，称心快意，几家能彀？司马青衫，吾不能学太上之忘情也。语云："仁者老吾老以及人之老，幼吾幼以及人之幼。"吾充吾爱汝之心，助天下人爱其所爱，所以敢先汝而死，不顾汝也。汝体吾此心，于啼泣之余，亦以天下人为念，当亦乐牺牲吾身与汝身之福利，为天下人谋永福也。汝其勿悲！

汝忆否？四五年前某夕，吾尝语曰：与其使吾先死也，无宁汝先吾而死。汝初闻言而怒；后经吾婉解，虽不谓吾言为是，而亦无辞相答。吾之意，盖谓以汝之弱，必不能禁失吾之悲。吾先死，留苦与汝，吾心不忍，故宁请汝先死，吾担悲也。嗟夫！谁知吾卒先汝而死乎！

吾真真不能忘汝也。回忆后街之屋，入门穿廊，过前后厅，又三四折，有小厅，厅旁一室，为吾与汝双栖之所。初婚三四个月，适冬之望日前后，窗外疏梅筛月影，依稀掩映。吾与汝并肩携手，低低切切，何事不语？何情不诉？及今思之，空余泪痕。又回忆六七年前，吾之逃家复归也，汝泣告我："望今后有远行，必以告妾，妾愿随君行。"吾亦既许汝矣。前十余日回家，即欲乘便以此行之事语汝；及与汝相对，又不能启口。且以汝之有身也，更恐不胜悲，故惟日日呼酒买醉。嗟夫！当时余心之悲，盖不能以寸管形容之。

吾诚愿与汝相守以死。第以今日事势观之，天灾可以死，盗贼可以死，瓜分之日可以死，奸官污吏虐民可以死，吾辈处今日之中国，国中无地无时不可以死，到那时使吾眼睁睁看汝死，或使汝眼睁睁看我死，吾能之乎？抑汝能之乎？即可不死，而离散不相见，徒使两地眼成穿而骨化石；试问古来几曾见破镜重圆？则较死为尤苦也。将奈之何！今日吾与汝幸双健，天下之人，不当死而死，与不愿离而离者，不可数计；钟情如我辈者，能忍之乎？此吾所以敢率性就死，不顾汝也。

吾今死无余憾，国事成不成，自有同志者在。依新已五岁，转眼成人，汝其善抚之，使之肖我。汝腹中之物，吾疑其女也；女必像汝，吾心甚慰。或又是男，则亦教其以父志为志，则我死后，尚有二意洞在也。甚幸！甚幸！

吾家日后当甚贫；贫无所苦，清静过日而已。吾今与汝无言矣！吾居九泉之下，遥闻汝哭声，当哭相和也。吾平日不信有鬼，今则又望其真有；今人又言心电感应有道，吾亦望其言是实。则吾之死，吾灵尚依依旁汝也，汝不必以无侣悲！

吾平生未尝以吾所志语汝，是吾不是处；然语之又恐汝日日为吾担忧。吾牺牲百死而不辞，而使汝担忧，的的非吾所思。吾爱汝至，所以为汝谋者惟恐未尽。汝幸而偶我，又何不幸而生今日之中国！吾幸而得汝，又何不幸而生今日之中国，卒不忍独善其身！嗟夫！巾短情长，所未尽者尚有万千，汝可以摹拟得之。吾今不能见汝矣！汝不能舍吾，其时时于梦中得我乎！一恸！

意洞手书

辛未三月二十六夜四鼓

家中诸母皆通文，有不解处，望请其指教。当尽吾意为幸。

《与妻书》译文

意映爱妻，见字如见面：

我现在用这封信跟你永远分别了！我写这封信时，还是人世间一个人；你看这封信时，我已经成为阴间一鬼了。我写这封信，泪珠和笔墨一齐落下，不能够写完信就想放下笔，又怕你不体察我的心思，说我忍心抛弃你去死，说我不知道你不想让我死，所以就强忍着悲痛给你说这些话。

我非常爱你，也就是爱你的这一意念，促使我勇敢地去死呀。我自从结识你以来，常希望天下的有情人都能结为夫妇；然而遍地血腥阴云，满街凶狼恶犬，有几家能称心满意呢？江州司马同情琵琶女的遭遇而泪湿青衫，我不能学习那种思想境界高的圣人而忘掉感情啊。古语说：仁爱的人“尊敬自己的老人，从而推及尊敬别人的老人，爱护自己的儿女，从而推及爱护别人的儿女”。我扩充我爱你的心情，帮助天下人爱他们所爱的人，所以我才敢在你之前死而不顾你呀。你能体谅我这种心情，在哭泣之后，也把天下的人作为自己思念的人，应该也乐意牺牲我一生和你一生的福利，替天下人谋求永久的幸福了。你不要悲伤啊！

你还记得不？四五年前的一个晚上，我曾经对你说：“与其让我先死，不如让你先死。”你刚听这话就很生气，后来经过我委婉的解释，你虽然不说我的话是对的，但也无话可答。我的意思是说凭你的瘦弱身体，一定经受不住失去我的悲痛，我先死，把痛苦留给你，我内心不忍，所以宁愿希望你先死，让我来承担悲痛吧。唉！谁知道我终究比你先死呢？我实在是不能忘记你啊！回忆后街我们的家，进入大门，穿过走廊，经过前厅和后厅，又转三四个弯，有一个小厅，小厅旁有一间房，那是我和你共同居住的地方。刚结婚三四个月，正赶上冬月十五日前后，窗外稀疏的梅枝筛下月影遮掩映衬；我和你并肩携手，低声私语，什么事不说，什么感情不倾诉呢？到现在回想起当时的情景，只剩下泪痕。又回忆起六七年前，我背着家里人出走又回到家时，你小声哭着告诉我："希望今后要远走，一定把这事告诉我，我愿随着你远行。"我也已经答应你了。十几天前回家，就想顺便把这次远行的事告诉你，等到跟你面对时，又不开口，况且因你怀孕了，更怕你不能承受悲伤，所以只天天要酒求得一醉。唉！当时我内心的悲痛，是不能用笔墨来形容的。

我确实愿意和你相依为命直到老死，但根据现在的局势来看，天灾可以使人死亡，盗贼可以使人死亡，列强瓜分中国的时候可以使人死亡，贪官污吏虐待百姓可以使人死亡，我们这辈人生在今天的中国，国家内无时无地不可以使人死亡。到那时让我眼睁睁看你死，或者让你眼睁睁看我死，我能够这样做呢，还是你能这样做呢？即使能不死，但是夫妻离别分散不能相见，白白地使我们两地双眼望穿，尸骨化为石头，试问自古以来什么时候曾见过破镜能重圆的？那么这种离散比死要痛苦啊，这将怎么办呢？今天我和你幸好双双健在，天下的不应当死却死了和不愿意分离却分离了的人，不能用数字来计算，像我们这样爱情专一的人，能忍受这种事情吗？这是我敢于索性去死而不顾你的缘故啊！我现在死去没有什么遗憾，国家大事成功与不成功自有同志们在继续奋斗。依新已经五岁了，转眼之间就要长大成人了，希望你好好地抚养他，使他像我。你腹中的胎儿，我猜她是个女孩，是女孩一定像你，我心里非常欣慰。或许又是个男孩，你就也教育他以父亲的志向作为志向，那么我死后还有两个意洞在呀。太高兴啦，太高兴啦！我们家以后的生活该会很贫困，但贫困没有什么痛苦，清清静静过日子罢了。

我现在跟你再没有什么话说了。我在九泉之下远远地听到你的哭声，应当也用哭声相应和。我平时不相信有鬼，现在却又希望它真有。现在又有人说心电感应有道，我也希望这话是真的。那么我死了，我的灵魂还能依依不舍地伴着你，你不必因为失去伴侣而悲伤了。

我平素不曾把我的志向告诉你，这是我的不对的地方；可是告诉你，又怕你天天为我担忧。我为国牺牲，死一百次也不推辞，可是让你担忧，的确不是我能忍受的。我爱你到了极点，所以替你打算的事情只怕不周全。你有幸嫁给了我，可又为什么不幸生在今天的中国！我有幸娶到你，可又为什么不幸生在今天的中国！我终究不忍心只完善自己。唉！方巾短小情义深长，没有写完的心里话，还有成千上万，你可以凭方巾领会没写完的话。我现在不能见到你了，你又不能忘掉我，大概你会在梦中梦到我吧！写到这里太悲痛了！

意洞亲笔写

辛未年三月二十六日深夜四更

家中各位伯母、叔母都通晓文字，有不理解的地方，希望请她们指教。应当完全理解我的心意是好。

人物小传

林觉民，福建闽侯（今福州）人，字意洞，号抖飞，又号天外生。早年留学日本，参加同盟会，从事反清革命活动。

林觉民是一个风流倜傥的才子。他20岁的时候东渡日本留学。谙熟日语之外，他还懂得英语和德语。

林觉民于1911年春抵香港，准备在广州发动起义，4月24日夜写下感人至深的《与妻书》。

1911年4月27日，林觉民参加黄兴领导的广州起义，进攻总督衙门，不幸受伤被捕。入狱后进行绝食斗争，后被清政府杀害，葬于广州黄花岗，为黄花岗七十二烈士之一。

《与妻书》的感人之处，就在于它情真意切，字字泣血，到处都是浓得化不开的真情；缠绵悱恻而又充满激情，充满凛然正气，为国捐躯的激情与对爱妻的深情两相交融、相互辉映，叫人断肠落泪，而又撼人魂魄、令人感奋。

虽然已时隔百年，但文章的魅力依然，作者对爱妻的那份真情，那种“以天下人为念”、舍生取义的革命者的气度风范，依然令人动容，而且将流芳百世、名垂千古。

陈意映，林觉民之妻。

爱之神

——鲁迅

一个小娃子，展开翅子在空中，
一手搭箭，一手张弓，
不知怎么一下，一箭射着前胸。
“小娃子先生，谢你胡乱栽培！
但得告诉我：我应该爱谁？”
娃子着慌，摇头说：“唉！
你是还有心胸的人，竟也说这宗话。
你应该爱谁，我怎么知道。
总之我的箭是放过了！
你要是爱谁，便没命的去爱他；
你要是谁也不爱，也可以没命的去自己死掉。”

> 我先前偶一想到爱，
> 总立刻自己惭愧，怕不配，
> 因而也不敢爱某一个人，
> 但看清了他们的言行思想的内幕，
> 便使我自信，
> 我可以爱！

只有你，那么懂我

他们的爱情，从一开始就不被看好！

论年龄，他大她17岁，而且身体不好；论长相，她身材修长，亭亭玉立，端正漂亮，而他身材较矮，不修边幅，四十几岁的人已初显老相；论财富，他虽已是著名作家，却没有什么显赫的社会地位，更没有丰厚的家产和积蓄……其实更为重要的是，他已有原配，他无法许她名分。尽管他知道她不在乎这一切，可他不得不为她考虑。

于是，他绝口不说爱。但是，她却热烈而执着，她的目光一直紧紧地追随着他，这个她最景仰的老师。

她曾说过“爱情的滋生，是漠漠混混、不知不觉的。她跟他之间也是不晓得怎么一来彼此爱上了。”实际上，他们之间的爱情发展是有清楚的脉络可寻的，归根究底还是他的思想和品格吸引了一个追求光明和真理的热血青年。

他们的相识，简单不过，没有偶遇的浪漫，而是必然的结果。

1923年秋天，他应好友之邀，到北京女子高等师范学校讲课，而她正在此校就读。其实，他对那个身材高挑，却总是坐在第一排的广东姑娘并无深刻的印象。而在她的眼中，他虽然不修边幅得略显落拓，但他的风度却如黑夜的星星，耀眼灼人。

或许，爱情早就悄然而至，只是她还没有意识到。于是，这样的师生关系延续了一年多，直到1925年3月，她怀着忐忑不安的心情给他写了第一封求访信件。那年4月，她和她的同学走进了他的寓所，他们之间才有了进一步的接触，原本疏远的师生关系才有了突破。

从1925年3月到7月之间，他与她通信四十余封，他们共同的理想和信念，渐渐升腾为爱情的火焰。但是，他们信中没有风花雪月的浪漫，也没有缠绵悱恻的柔情，而是对社会人生问题严肃的探讨。

“没有灿烂的花，没有热恋的情，我们的心换着心，为人类工作，携手偕行……”当她说到他们的爱情时，幸福而自豪。

他们的爱情毫无意外地遇到了守旧者的讥讽和反对。在讥笑和压力面前，她的爱是勇敢的。1925年10月，她在他主编的《国民新报》副刊发表了《同行者》一文，像烈火一样炽热，公开表达了对他的爱。她说，她不畏惧“人间的冷漠，压迫”，“一心一意地向着爱的方向奔驰”。

针对旧礼教的威吓，她说：“不自量也罢，不相当也罢，合法也罢，不合法也罢，这都与我不相干！”这铿锵有力的声音，百折不回的决心，赢得了爱情的胜利。1927年10月3日，他和她同到上海，开始了共同的生活。

那一年，他46岁，她28岁。

在共同生活的日子里，他们在日寇侵略上海的战火中一起逃难，一起躲避国民党反动派的通缉与迫害。在艰苦的岁月里，她不愧为他的战友与出色的助手。

为了他的写作，她千方百计查资料，找参考书籍。他的文章写成，她总是第一个读者与批评者。她为他抄稿，极为仔细认真，他每一种译著出版，她总是跟他共同校对。他重要的谈话，她注意记录与整理，以便编辑成书。对他的文稿，她精心保管，哪怕是弃置的零章片页，也要保存下来。

她更是一个出色的主妇，无微不至地照顾他的生活，精心料理他的起居、饮食，尽力使他不受到无谓的干扰。为了不浪费他有限的收入，她精打细算，生活朴素，自己做棉鞋，打毛衣。有客吃饭，她亲自下厨，甚至连他的换洗衣服也一概负责。为此，他曾向人感慨地说："现在换衣服也不晓得到什么地方拿了。"

他和她的感情也是超于一般夫妻之上的。她说："我自己之于他，与其说是夫妇的关系，倒不如说不自觉地还时刻保持着一种师生之谊。这说法，我以为是妥帖的。"她也曾天真地问他："我为什么总觉得你还是我的先生，你有没有这种感觉？"他听了，总是惬意地笑笑，答非所问地说："你这傻孩子。"

1929年9月27日清晨，他们的孩子出生了，年近50的他终于升级做爸爸了。在医院等待生产的时候，他既兴奋又焦灼。当他知道她难产的时候，他毫不犹豫地说"保大人"，即使他知道，自己已近不惑，这个孩子得之不易。所幸上天庇佑，最终母子平安。看着妻儿都平安无事，他感到非常幸运和高兴。第二日，他满面欢悦地走到医院，手里拿着一棵小巧玲珑的松树，轻轻地放在她床边的小桌上。

这棵小松翠绿、苍劲、孤傲、沉郁，既象征着他的性格，又象征着那个刚刚降生的新生命，象征着新人的家庭生活的开始。

他差不多每天都要往医院去两三次，送来食品和其他用品，有时还领着一批批前来庆贺的朋友。每当客人散去，他总静静地坐下来，审视着孩子的脸，由衷地说："真像我。"但马上又补充，"我没有他漂亮。"这时，他的脸上泛起了幸福的红晕。

有了孩子，给他起个什么名字呢？这是他那几日都在琢磨的问题。

一天，他来到医院，悠闲地坐下来，首先问她是否想起来了，她说没有，他款款地说："想倒想起两个字，你看怎么样？因为是在上海生的，是个婴儿，我叫他海婴。这名字读起来颇悦耳，字也通俗，但却绝不会雷同。如果他大起来不高兴这个名字，自己随便改过来也可以，横竖我也是自己再另起名字的，这个暂时用用也还好。"

他起的名字自是好的，最终，他们的儿子便叫海婴。

他们的一生，平淡而不平庸，夫妻之间携手共进，相互扶持。他在她的大力协助下，写作了大量文章，为后世留下了极其丰富的精神财富，这也是他引为自豪的。他曾以感激的心情歌颂他与她之间的情谊：

十年携手共艰危，
以沫相濡亦可哀。
聊借画图怡倦眼，
此中甘苦而相知。

1936年10月19日，他在生命的最后一刻，紧紧握住她的手，同她诀别："忘记我，管自己的生活！"这是他留给她的遗言，但她怎能忘记她的师友和亲爱的丈夫呢？10月22日，她写下了给他的献词：

鲁迅夫子：

悲哀的雾围笼罩了一切。

我们对你的死，有什么话说！

你曾对我说：

"我好像一只牛，
吃的是草，
挤出的是牛奶，血。"

你“不晓得什么是休息，

什么是娱乐”。

死的前一日还在执笔。

如今……

希望我们大众

锲而不舍。跟着你的足迹！

相爱的人是可爱的、傻气的，情不自已的，我时时惦念着你，你也刻刻牵挂着我，彼此的心每一分每一秒都为对方而跳动。

她说，风子是我的爱。

他说，我只爱你一人。

人生，得一知心爱人足矣。

他是鲁迅，她是许广平。

两地书（二）

广平兄：

今天收到来信，有些问题恐怕我答不出，姑且写下去看。

学风如何，我以为和政治状态及社会情形相关的，倘在山林中，该可以比城市好一点，伊只要办事人员好。但若政治昏暗，好的人也不能做办事人员，学生在学校中，只是少听到一些可厌的新闻，待到出校和社会接触，仍然要苦痛，仍然要堕落，无非略有迟早之分。所以我的意思，倒不如在都市中，要堕落的从速堕落罢，要苦痛的速速苦痛罢，否则从较为宁静的地方突到闹处，也须意外地吃惊受苦，其苦痛之总量，与本在都市者略同。

学校的情形，向来如此，但一二十年前，看去仿佛较好者，因为足够办学资格的人们不很多，因而竞争也不猛烈的缘故。现在可多了，竞争也猛烈了，于是坏脾气也就彻底显出。教育界的清高，本是粉饰之谈，其实和别的什么界都一样，人的气质不大容易改变，进几年大学是无甚效力的，况且又有这样的环境，正如人身的血液一坏，体中的一部分决不能独保健康一样，教育界也不会在这样的民国里特别清高的。

所以，学校之不甚高明，其实由来已久，加以金钱的魔力，本是非常之大，而中国又是向来善于运用金钱诱惑法术的地方，于是自然就成了这现象。听说现在是中学校也有这样的了，间有例外者，大概即因年龄太小，还未感到经济困难或花费的必要之故罢。至于传入女校，当是近来的事，大概其起因，当在女性已经自觉到经济独立的必要，所以获得这独立的方法，不外两途，一是力争，一是巧取，前一法很费力，于是就堕入后一手段去，就是略一清醒，又复昏睡了。可是这不独女界，男人也都如此，所不同者巧取之外，还有豪夺而已。

我其实哪里会“立地成佛”，许多烟卷，不过是麻醉药，烟雾中也没有见过极乐世界。假使我真有指导青年的本领——无论指导得错不错——我决不藏匿起来，但可惜我连自己也没有指南针，到现在还是乱闯，倘若闯入深坑，自己有自己负责，领着别人又怎么好呢，我之怕上讲台讲空话者就为此。记得有一种小说里攻击牧师，说有一个乡下女人，向牧师历诉困苦的半生，请他救助。牧师听毕答道：“忍着罢，上帝使你在生前受苦，死后定当赐福的。”其实古今的圣贤以及哲人学者所说，何尝能比这高明些，他们之所谓“将来”，不就是牧师之所谓“死后”么？我所知道的话就是这样，我不相信，但自己也并无更好解释。章锡琛的答话是一定要胡涂的，听说他自己在书铺子里做伙计，就时常叫苦连天。

我想，苦痛是总与人生联带的，但也有离开的时候，就是当睡熟之际。醒的时候要免去若干苦痛，中国的老法子是“骄傲”与“玩世不恭”，我自己觉得我就有这毛病，不大好。苦茶加“糖”，其苦之量如故，只是聊胜于无“糖”，但这糖就不容易找到，我不知道在哪里，只好交白卷了。

以上许多话，仍等于章锡琛，我再说我自己如何在世上混过去的方法，以供参考罢。

一、走“人生”的长途，最易遇到的有两大难关。其一是“歧路”，倘若墨翟先生，相传是恸哭而返的。但我不哭也不返，先在歧路头坐下，歇一会，或者睡一觉，于是选一条似乎可走的路再走。倘遇见老实人，也许夺他食物充饥，但是不问路，因为我知道他并不知道的。如果遇见老虎，我就爬上树去，等它饿得走去了再下来，倘它竟不走，我就自己饿死在树上，而且先用带子缚住，连死尸也决不给它吃。但倘若没有树呢？那么，没有法子，只好请它吃了，但也不妨也咬它一口。其二便是“穷途”了，听说阮籍先生也大哭而回，我却也像歧路上的办法一样，还是跨进去，在刺丛里姑且走走，但我也并未遇到全是荆棘毫无可走的地方过，不知道是否世上本无所谓穷途，还是我幸而没有遇着。

二、对于社会的战斗，我是并不挺身而出的，我不劝别人牺牲什么之类者就为此。欧战的时候，最重“壕堑战”，战士伏在壕中，有时吸烟，也唱歌，打纸牌，喝酒，也在壕内开美术展览会，但有时忽向敌人开他几枪。中国多暗箭，挺身而出的勇士容易丧命，这种战法是必要的罢。但恐怕也有时会迫到非短兵相接不可的，这时候，没有法子，就短兵相接。

总结起来，我自己对于苦闷的办法，是专与苦痛捣乱，将无赖手段当作胜利，硬唱凯歌，算是乐趣，这或者就是糖罢。但临末也还是归结到“没有法子”，这真是没有法子！

以上，我自己的办法说完了，就是不过如此，而且近于游戏，不像步步走在人生的正轨上（人生或者有正轨罢，但我不知道），我相信写了出来，未必于你有用，但我也只能写出这些罢了。

鲁迅

三月十一日

两地书（三）

鲁迅先生吾师左右：

十三早得到先生的一封信，我不解，何以同在京城内而邮政的交通要阻隔到前后三天之久；我更不解，何以巧巧的也隔前后三天（十三——十五），我才能拿起这管笔陈述我的所要说的话，而于我读来信三天中给我感应最深时，乃不能写得只字于片纸中。

当我打开信封，抽出那红线的白纸，打开笺面第一行那三个字中，看见贱名之后紧贴一个“兄”字，的确！先生吾师，原谅我太愚小了！我值得而且敢配当“兄”吗？不！不！绝无此勇气而且更无此斗胆当吾师先生的“兄”的。先生之意何居？弟子乌得而知也。不曰“同学”不曰“弟”而曰“兄”，游戏欤——游戏欤？此鲁迅先生之所以为“鲁迅先生”吾师也欤？

我总不解，“教育”对于人是有多大效果？世界各地教育，他的做就人才目标在哪里？讲国家主义，社会主义，资本主义……的人们，受环境的暗示生出什么什么化的教育，究竟教育是怎么一回事？是否要许多适应环境——包括善恶，其实也许“此”与“彼”之微有不同，无所谓二方面——的人，不惜贬损个性以迁就此环境，还是要设法保全每人的个性，这都是很值得注意而为今日教育者与被教育者所忽略，或者目前教育界现象不堪，与此点不无关系吧！

尤其痛心的，因为“人的气质不大容易改变”，所以许多“银样镴枪头”的“绣花枕”除了一日日做舞台的化装预备，以博观众之一捧——也许博不到一捧——外，她们是干吗来的？考试的时候，患得不到分数的优先，因此学问不忠实了！希望功课上多少可以省点预备，希望题目出得容易，可以事半功倍；尤其希望在先生那一方面得多少暗示，归结一个题目，就是文凭好看，文凭好看，为的是活动……唉！……她们在学校中，除了利害二字外其余是痛痒无关的，所以其出死力争的，不是事之“是非”而乃事之“利害”，不是唯理乃唯情的，这也许是我所遇见的“她们”，一部分的“她们”吧！不然！中国女子的教育，我干脆请它即日关门大吉。她们配谈什么问题？死捧着线装本竟日价在作缮录员，能够在那里面发明了多少新大陆？愈读愈龙钟曲背老气横秋。什么时事新闻报纸杂志，都以为是无聊的出产品，何尝觉得它是多少照出当时社会形状的一部分。先生请想：她们一概现社会的况味是绝不染指的，她们不是打算做现社会的一员的，然而除此种腐儒者之外，其间不无例外的，就是太过于欲做现社会的主角了！所以奇形怪状，层见迭出，这叫人如何忍耐得见着，无怪先生要当“土匪”去了！也杀个干净，痛快痛快！

“许多烟卷，不过是麻醉药”，这是一部苦闷史上函的总语，多么沉痛呀！人生。《过客》的“客”虽则不是按着自己的指南针行去，但是，“那前面的声音叫我走”，他何常乱闯呢？除非“老翁”才不理那叫声，那客人虽则“脚早经破了”，仍“息不下”“还是走好”的，他“不愿意喝无论谁的血”，在“许多伤”“流了许多血”之后，他的心地是何等光明悱恻“流血”仍且前进“闯入深坑”，再急急的或缓缓的起来有多大关系呢？请先生不必怕上讲台讲话吧！

那“一个乡下女人，向牧师历诉困苦的半生，请他救助”的故事，许是她所求于牧师救助的，为“困苦的半生”的物质上资助——维持身体之活力——牧师没法应付她，只得举出上帝的旨意，使她“死后定当赐福”一语，在人生的希望上满足些，然而那乡下女人如果向牧师历诉的，是关于精神上的资助，我想，牧师对这种问法是素有深究的，因为他恰好是个精神学者，那么乡下女人必定问得其所，获有完满答复。先生，我猜想的许是错的么？贤哲之所谓“将来”，固然与牧师之“死后”一样没根据把握，不容易解答，而且不必求解答，但是，“客”说过一句话：“老丈，你大约是久住在这里的，你可知道前面是怎么一个所在么？”虽然“老翁”告诉他是“坟”，“女孩”告诉他是“那里有许多野百合、野蔷薇”，二者似乎并不是一样，在“客人”知道了未必有多大益处，或者“客人”到了那里并不见所谓“坟”“花”，而为“客人”眼睛中所呈现者，为另一个物事，而“客人”也不妨而且也似乎值得一问。

除了“睡熟之后，醒时要免去若干苦痛”，固然是“骄傲”与“玩世不恭”。的确！我自小学至今，无一日不被人指斥为“骄傲”“不恭”，有时也觉悟到非“处世之道”（而且实自知没得足以自骄的），不能同流合污，总是吃眼前亏，但子路的为人，叫他去预备给人斫肉糜则可，叫他去作“壕堑战”是按捺不下的，没得法子，还是豁出去，“不大好”有什么法呢！先生！

承先生剀切的将“自己如何在世上混过去的方法”见示。虽则先生自己以为“近于游戏”，但游戏与非游戏，不都是人所给与的名词么？在此一方面看，觉得是一个正路，何常不可？人总多是前进的，未尝试过，就如“客人”之“然而我不能！我只得走。我还是走好罢……”所以或者遇着“穷途”的时候比较“歧途”似乎多一点。我也相信，遇着荆棘，正可以尝尝荆棘刺到我的足上是哪种风味，刺到腿、身、手、面……是什么味，各种花草树木的钩刺……是什么味，对于我的触觉是否起同样的反应？我尝遍之后，然后慢慢一根根的从身上拔下那些刺来，或者也无须把那些刺拔下来，就做我后天的装饰品。总之，在“歧路”头坐下以后，先生能先“睡一觉，……遇见老实人……不问路……遇见老虎……没有树……”俱是最高超、最须要的办法。何幸！先生不以“孺子为不可教而教之”！当“书绅”以记。

草草的写出这些话，质直未加修饰，又是糊里糊涂用钢笔写，较之先生清清楚楚用毛笔详细恳切的长番半训半导的迷津指引，我是多么感谢！惭愧！

敬祝著安

小学生许广平谨上
三月十五日

两地书（四十八）

广平兄：

依我想，早该得到你的来信了，然而还没有。大约闽粤间的通邮，不大便当，因为并非每日都有船。此地只有一个邮局代办所，星期六下午及星期日不办事，所以今天什么信件没有——因为是星期——且看明天怎样罢。

我到厦门后便发一信（五日），想早到。现在住了已经近十天，渐渐习惯起来了，不过言语仍旧不懂，买东西仍旧不便。开学在二十日，我有六点钟功课，就要忙起来，但未开学之前，却又觉得太闲，有些无聊，倒望从速开学，而且合同的年限早满。学校的房子尚未造齐，所以我暂住在国学院的陈列所里，是三层楼上，眺望风景，极其合宜，我已写好一张有这房子照相的明信片，或者将与此信一同发出。季黻的事没有结果，我心中很不安，然而也无法可想。

十日之夜发飓风，十分利害，林语堂的住宅的房顶也吹破了，门也吹破了。粗如笔杆的铜闩也都挤弯，毁东西不少。我所住的屋子只破了一扇外层的百叶窗，此外没有损失。今天学校近旁的海边漂来不少东西，有桌子，有枕头，还有死尸，可见别处还翻了船或漂没了房屋。

此地四无人烟，图书馆中书籍不多，常在一处的人，又都是“面笑心

不笑”，无话可谈，真是无聊之至。海水浴倒是很近便，但我多年没有浮水了；又想，倘使害马在这里，恐怕一定不赞成我这种举动，所以没有去洗；以后也不去洗罢，学校有洗浴处的。夜间，电灯一开，飞虫聚集甚多，几乎不能做事，此后事情一多，大约非早睡而一早起来做不可。

迅

九月十二日夜

今天（十四日）上午到邮政代办所去看看，得到你六日八日的两封来信，高兴极了。此地的代办所太懒，信件往往放在柜台上，不送来，此后来信可于厦门大学下加“国学院”三字，使他易于投递，且看如何。这几天，我是每日去看的，昨天还未见你的信，因想起报载英国鬼子在广州胡闹，入口船或者要受影响，所以心中很不安，现在放心了。看上海报，北京已解严，不知何故；女师大已被合并为女子学院，师范部的主任是林素园（小研究系），而且于四日武装接收了，真令人气愤，但此时无暇管也无法管，只得暂且不去理会它，还有将来呢。

回上去讲我途中的事，同房的是一个五十多岁的广东人，姓魏或韦，我没有问清楚，似乎也是民党中人，所以还可谈，也许是老同盟会员罢。但我们不大谈政事，因为彼此都不知道底细；也曾问他从厦门到广州的走法，据说最好是从厦门到汕头，再到广州，和你所闻的客栈中人的话一样，我将来就这么走罢。船中的饭菜顿数，和“广大”一样，也有粥，船也平稳，但无耶稣教徒，比你所遭遇的好得多了。小船的倾侧，真太危险，幸而终于“马”已登陆，使我得以放心。我到厦时亦以小船搬入学校，浪也不小，但我是从小惯于坐小船的，所以一点也没有什么。

我前信似乎说过这里的听差很不好，现在熟识些了，觉得殊不尽然。大约看惯了北京的听差的唯唯从命的，即易觉得南方人的倔强，其实是南方的阶级观念，没有北方之深，所以便是听差，也常有平等言动，现在我和他们的感情已经好起来了，觉得并不可恶。但茶水很不便，所以我现在少喝茶了，或者这倒是好的。烟卷似乎也比先前少吸。

我上船时，是建人送我去的，并有客栈里的茶房。当未上船之前，我们谈了许多话。谈到我的事情时，据说伏园已经宣传过了（怎么这样地善于推测，连我也以为奇）。所以上海的许多人，见我的一行组织，便多已了然，且深信伏园之说。建人说：这也很好，省得将来自己发表。

建人与我有同一之景况，在北京所闻的流言，大抵是真的。但其人在绍兴，据云有时到上海来。他自己说并不负债，然而我看他所住的情形，实在太苦了，前天收到八月份的薪水，已汇给他二百元，或者可以略作补助。听说他又常喝白干，我以为很不好，此后想勒令喝蒲桃酒，每月给与酒钱十元，这样，则三天可以喝一瓶了，而且是每瓶一元的。

我已不喝酒了；饭是每餐一大碗（方底的碗，等于尖底碗的两碗），但因为此地的菜总是淡而无味（校内的饭菜是不能吃的，我们合雇了一个厨子，每月工钱十元，每人饭菜钱十元，但仍然淡而无味），所以还不免吃点辣椒末，但我还想改良，逐渐停止。我的功课，大约每周当有六小时，因为语堂希望我多讲，情不可却。其中两点是小说史，无须预备；两点是专书研究，须预备；两点是中国文学史，须编讲义。看看这里旧存的讲义，则我随便讲讲就很够了，但我还想认真一点，编成一本较好的文学史。你已在大大地用功，预备讲义了罢，但每班一小时，八时相同，或者不至于很费力罢。此地北伐顺利的消息也甚多，极快人意。报上又常有闽粤风云紧张之说，在此却看不出；不过听说鼓浪屿上已有很多寓客，极少空屋了，这屿就在学校对面，坐舢板一二十分钟可到。

迅

九月十四日午

两地书（五十三）

my dear teacher：

廿二日得到你十四的和十二的放在一个信封内的信，知道好多要说的话，虽则似乎十分幽默，但是我领解了多少，是和这方面同此“感慨系之”！我以为：一两天的路程，通信邮期当然也差不多，甚至较多，需加倍，不过三四天了不得了，而乃五六，七八天，唉！这叫人从何说起？况又有时且又过之呢。

我正式做工和上课已经有一个星期零四天了，感觉的结果是忙，忙……早上八点起，就到办事处，有要办的事就办，要自己授课就去上课，其余要查堂（查学生勤惰），五时回来食晚饭，天气还热，必须天天洗身，到七时学生自习，又要查了，职务是兼学监舍监之类，但是又有教务，舍务处，又注重学生风纪，宣传党义，但是训育与教务、总务全隶于校长之下，而如此做作者，惟广东如此，而广东亦暑假后始有此编制，在教育界上，所以既无经验初毕业之我当此地位，又无他处可参考借鉴（别校尚未成立训育处），盲人瞎马，“害”字加了一目矣。更兼学生为三数右派（西山邹鲁）左右，外有全省学生联合会（广东学生界而为右倾，岂非“出人意表之外”）为之援，更外则京沪右派为之助，势力滋蔓，甚难图也。我之职务是要图，图即反抗群众，早晚犯众怒而遭攻击，现时她们幸未窥破我底细，我又固示沉默，渐以图之，如能潜移默化，有回天之力，固政府与学校之福，否则自然是我三十六着走为上着。但多半是要被排斥，因我未回来时，学生联合会已借口省立第一、第二中学为赤化校长，种种办学无状之条文，洋洋洒洒，大加攻校，甚至教育厅开除学生，继之广大（中山大学）法科反对陈启修为主任，亦与第一、二中同一线索，女师在他们预算列入第三位对待起风潮的，所以学生时时蠢蠢欲动，多方探听我色彩。女子本无高见，加以外诱，更兼顽强，个个如杨荫榆之遗风，亦大可叹也。好在只要我自己努力，得到信仰，或不致失败，即失败亦不愁没地方去，现时广东女子地位与男子等，新近何香凝为公益厅长，与实业，教育等厅平等，因此我们即便离开学校，尚有别机关可去，不似外地，一方攻击，即难求立足之困人也。

my dear teacher！你为什么希望“合同的年限早满”呢？你是感觉着诸多不习惯，又不懂话，起居饮食不便么？如果的确对身子不好，甚至有妨健康，则不如失约，辞去的好。然而，你不是要“去做工”吗？你这样的不安，怎么可以安心做工！你有更好的方法解决没有？或者要我帮助的地方亦不妨通知，从长讨论。

听说齐寿山先生想买十五元一套的文字学，究竟是什么名字，出版处可知道？我有薪水领，可以替他寄去，你记得书名，务希告我一声。

中秋的那天，你可玩了没有？要食了什么异味没有？难得旅行到福建，住一天，最好勿白辜负一天，还是玩玩食食好，学校厨子不好，不是五分钟可到鼓浪屿吗？那边一定有食处，也有去处，谢君哥哥就住（鼓浪屿洋墓口——即大宫前——B10号红楼）。他名叫谢德南，他们待人都好，今日还接到他弟弟——常君夫——来信，托我介绍先生与谢先生见，并求先生位置，谢君信是因我曾问过他履历回复的，他不知道你处情形连许先生也难荐，其余更无论了。他哥哥是出身教育，做过视学及〇〇师师长的顾问，县知事等，人尚开通。父早死，母寡弟幼，以一人养母教弟，甚有魄力，现时家居，有似伏枥，虽非理想人物，但普通应酬，多一照应亦无不可，先生以为何如？请自斟酌。

我在中秋的那天上午随校长往中央党部开追悼朱执信六周年纪念会，

到的人很多，又听见齐先生内弟于树德先生讲演。他皮黑穿洋服，大有北方惇厚貌，后又到烈士坟凭吊，回来学校已经下午一时了，算是过了上半天的节。是日，不断忆起去年今日，我远远提着四盒月饼跑来喝酒，此情此景，如在目前，有什么法子呢？而且训育方面逼住要中秋第二天开会，交出计划书，我在中秋前一晚赶做一晚，中秋又继续，勉强抄袭出来，能否适用还不能说。中秋下午，我实在按不住了，跑回家内一次，嫂嫂侄侄，冷清清又想起未出广东前家庭的样子，心又难过，又不忍走开，拿出钱来买菜大家食，晚饭后出街走一圈子，回来买些灯笼给小孩们，又买些水果大家食，约莫十时睡了。月是什么样？没有细看。

你寄来有住的房子的明片，十八日收到即复，想已收阅了。

你知道处处小心，不多吸烟，喝酒……这是乖弟弟，做老兄的放心了。

邮政代办所离学校有多远？天天走不累得荒吗？

女师大事我收到两次学生宣言，教部诬助学生之先生为图自己饭碗，作人、祖正二先生且被林素园亲口当面诬为赤化，他们遭殃了，唉！（幸而当面要求他取消话语，已经答应）

伏园宣传的话，其详可得闻欤？北伐想是顺利，此间清一色的报纸不知究竟，福建大约较得真相。

今日下课到商务，工会监视它，正在它减价时候，此间又禁《醒狮》、《晨报》之流，是比较差强人意处。

现时候不早，眼睛困极，下次再谈吧！

祝你快乐！

你的H.m.

九月廿三晚

今日（廿十三）又收到九月份新女性一册，又及。

（附信）

比之老臭之北京精神上谅甚活泼，教育程度比之北京想亦高出万万，如何敢乞时锡教言是幸。弟之出身系医大，毕业前在闽曾自己创办学校，至毕业后所作事业姊已洞悉，毋庸多赘。家兄在厦赋闲，周先生能在厦大为力占一席地亦妙。通信时可提及是荷。家兄住鼓浪屿大宫前B10号，如有机会（广州之事与闽有关者亦可）吾姊可就近径函家兄。此间大小均安，余不一。专此敬请

教安

常瑞麟

谢毅启

令妹均希道及

另吾姊能致书介绍周先生与家兄晤面更妙。

九 · 十二

两地书（一二七）

乖姑！小刺猬！

在沪宁车上，总算得了一个坐位；渡江上了平浦通车，也居然定着一张卧床。这就好了。吃过一元半的夜饭，十一点睡觉，从此一直睡到第二天十二点钟，醒来时，不但已出江苏境，并且通过了安徽界蚌埠，到山东界了。不知道刺猬可能如此大睡，我怕她鼻子冻冷，不能这样。

车上和渡江的船上，遇见许多熟人，如马幼渔的侄子，齐寿山的朋友，未名社的一伙；还有几个阔人，说是我的学生，但我不识他们了。那么，我的到北平，昨今两日，必已为许多人所知道。

今天午后到前门站，一切大抵如旧，因为正值妙峰山香市，所以倒并不冷静。正大风，饱餐了三年未吃的灰尘。下午发一电，我想，倘快，则十六日下午可达上海了。

家里一切如旧，母亲精神形貌仍如三年前，她说，害马为什么不同来呢？我答以有点不舒服。其实我在车上曾想过，这种震动法，于乖姑是不相宜的。但母亲近来的见闻范围似很窄，她总是同我谈八道湾，这于我是毫无关心的，所以我也不想多说我们的事，因为恐怕于她也不见得有什么兴趣。平常似常常有客来住，多至四五个月，连我的日记本子也都打开过了，这非常可恶，大约是姓车的男人所为。他的女人，廿六七又要来了，那自然，这就使我不能多住。

不过这种情形，我倒并不气，也不高兴，久说必须回家一趟，现在是回来了，了却一件事，总是好的。此刻是十二点，却很静，和上海大不相同。我不知乖姑睡了没有？我觉得她一定还未睡着，以为我正在大谈三年来的经历了。其实并未大谈，我现在只望乖姑要乖，保养自己，我也当平心和气，度过预定的时光，不使小刺猬忧虑。

今天就是这样罢，下回再谈。

（一九二九年）五月十五夜

两地书（一三五）

小白象：小莲蓬！

昨天（廿）午饭读到你十五来的信，我先看一遍，然后去食饭，饭后回来又看一遍，以后隔多少时又打开来看看，临睡放在床头上，读它一遍，起来之前又读一遍，愈读愈想在里找出些什么东西似的，好似很清楚，又似很含糊，如那个人的面孔一样，离开了的情绪也与此差不多。真是百读不厌，自然打开纸张第一触到眼帘的是那三个红当当的枇杷，那是我喜欢吃的东西，即如昨天下午二时出去寄信也带了一篓子回来，大家大吃一通。阿ブ昨天发烧得很利害，什么都不要吃，见了枇杷，才喜欢起来，吃了几个，随后研究出她是要出牙齿之故，到今天还在痛，在吃苦，但枇杷之效力如此其大，我也是喜欢的人，所以小白象首先选了那个花样的纸，算是等于送枇杷给我吃的心意一般，其次那两个莲蓬，附着的那几句，甚好，我也读熟了，我定你是小莲蓬，因为你矮些，乖乖莲蓬！你是十分精细的，你这两张纸不是随手捡起就用的。

昨天夜里我睡得很好，今早起床也不太早，以后或者照此下去也未可知。这两天没有你的信，今日下午由中央行送来南京来的通知单，打算等三先生回来托他办理一切，在战事期中，居然如此，可算难得。

你的日记也被人翻过，因记起日前木匠那里租得房子，会不会因为客多地方不够，把东西不大用的送到那边存放，如此则没人照管，必易遗失，此不可不先事预防的，要不要向她们声明一声，你的书籍不可挪动，说过或比不说好些，你以为何如？

我今天仍在做生活，是织小毛绒背心，快成功了。昨天叔叔那里送来些饼吃，说是儿子订亲，八月再行大礼，那时恐怕要来约去，到时再设法敷衍好了，今早接大的妹子信，她产后动辄头痛，俯首拾物亦痛不可当，我问她要什么药，我说北方也可托人买，但她也说不出要什么药医治，她信内又说，姑母不久要回沪，到时我难免应酬几天，事情也许要向她说了，不说也看见的。你近来可较新回去时安静些否，你总要想起小刺猬，想起你的乖姑不愿你吃苦，你体谅这点心，自己好好地。

小刺猬

五月廿一下午四时十分

人物小传

鲁迅，原名周树人，字豫才，浙江绍兴人，出身于破落封建家庭，以笔名鲁迅闻名于世。20世纪中国重要作家，新文化运动的领导人、左翼文化运动的支持者。现代文学家、思想家、革命家。鲁迅的作品包括杂文、短篇小说、评论、散文、翻译作品，对于五四运动以后的中国文学产生了深刻的影响。毛泽东主席评价他是伟大的文学家、思想家、革命家，是中国文化革命的主将。出版有散文诗集《野草》、小说集《呐喊》《彷徨》等。

许广平，笔名景宋，广东番禺人，祖籍福建。1917年就读于天津直隶第一女子师范学校预科，担任天津爱国同志会会刊《醒世周刊》主编，并在周恩来领导下参加“五四”运动。1923年考入北京女子高等师范学校国文系，成为鲁迅的学生，后与鲁迅相恋。1927年1月，两人开始同居生活。1929年，生子周海婴。1932年12月，出版通信集《两地书》。

“相识初谈人生，恋爱时谈感情，结婚后谈生活”，这句老话用在鲁迅和许广平的《两地书》上最为适合不过。作为鲁迅与许广平爱情的产物和见证，《两地书》很好地将他们情感生活保留了下来，成为后人了解两人的关系，特别是研究鲁迅生平和思想的重要资料。

张爱玲·胡兰成

致爱玲

——胡兰成

想你于我之间的事，

仿佛是做了一场梦，

你是一直清醒着的，而我……

梦醒来，我身在忘川，

立在属于我的那块三生石旁，

三生石上只有爱玲的名子，

可是我看不到爱玲你在哪儿，

原是今生今世已惘然，

山河岁月空惆怅，

而我，终将是要等着你的。

她见了他，头变得低低的，低到尘埃里，但她的心里是欢喜的，从尘埃里开出花来。

错爱倾城

“于千万人之中，遇见你要遇见的人。于千万年之中，时间无涯的荒野里，没有早一步，也没有迟一步，遇上了也只能轻轻地说一句：你也在这里吗？”

初相遇的那一刻，那是多么美好的一幕，好似于千万年间，在时间的洪荒中，耐了那么多寂寞，风雨不定，寒暑相加，才有那么一个美妙而相契的日子。

张爱玲，这个永远高昂着下颌的女子，就像旧画里的贵族女子，只能仰望，却亲近不得。然而，就是这个睥睨天下，高高在上的女人在遇见了胡兰成的那一刻，就变是很低很低，低到尘埃里，但心里是欢喜的，就像从尘埃里开出花来。可见遇见他，让她多么欢喜。

而胡兰成初见张爱玲，亦是为之惊艳的。她高大、不漂亮，也不妩媚，像一个不黯世事的小女生，但是她另类的柔艳和无人可及的气质从骨子里溢出来，把他给摄住了。“天然妙目，正大仙容”，他如此形容她，想来爱玲定是那种面若银盘、皎如圆月的女子。

在洋梧桐树抽出新芽的黄昏，他把她修长的手贴在胸前："我们永远在一起好不好？"

她深情望着他，盈盈一笑，把头埋在他的怀里。这两个多才、多情、离经叛道而彼此欣赏的人走到了一起，开始了这段"倾城之恋"。

从此，男的废了耕，女的废了织。天地间，只余彼此！

古来才子佳人之说，两情相悦，双宿双飞，自是皆大欢喜，被视为一段佳话。如《西厢》中崔莺莺和张生，才俊司马相如与卓文君，更有东坡对朝云之宠，明诚对清照之幸。至此孟光接了鸿梁，举案齐眉。旁人自不必问是几时，喁语中自有一番论道了罢。这正端的是良辰美景，世态安然，江山无恙，人间清欢，让人拍手称快。

胡兰成与张爱玲，也是才子配佳人，一个金童，一个玉女。在当时看来，他们该是多么登对契合的一对儿，是多么让人艳羡。

他懂得她的离经叛道，于是他把她比作民国世界的临水照花人，浑身上下新得出奇，新得煞目。事实本是如此，这个旷世才女，用什么词语比拟都不足，是真正的通透如玉、洞若观火的人儿。

想来，张爱玲亦是看重了胡兰成的才，她与他在一起，亦不求他的什么。但是，她终究是一个渴望爱情、追寻爱情的女子，不管她怎样的光艳、清高，她都想要一份安稳平凡的爱，一个温暖安全的怀抱。

于是，他们的婚书上写道："胡兰成与张爱玲签订终身，结为夫妇。愿使岁月静好，现世安稳。"

可是，他却负了她。婚书中那句"岁月静好，现世安稳"，终也逃不过时局的莫测。3个月后，胡兰成到湖北工作。在汉口，多情的胡兰成认识了一个叫小周的护士，并迅速与其如胶似漆，甚至还举行了婚礼。而这一切，远在上海的张爱玲还蒙在鼓里，自己夜夜只影对长空，让鸿雁诉说无尽的相思。尚不知他此时正与另一个女子演绎了一段"桃叶配红花"的故事。在此且不去指责胡兰成的虚伪薄情，只是大大地为爱玲所不值了。

次年3月，胡兰成回到上海，还毫无掩饰地把与小周成亲的事告诉了爱玲。伤害来得太赤裸裸，再坚强的女子，在爱情里，她的心也是柔软的，怎经得起这样的蹂躏。她怔怔地站着，心却片片凋零；她默然不语，眼泪不停地往下落。他把她拥在怀里，深深地吻着："爱玲，这一生我最爱你！"

女人爱到深处，断肠也无怨，她终究还是原谅了他！

江山易改，本性难移。5月，胡兰成又回到了武汉，一见到小周，就有回家的感觉——他又忘了张爱玲了。

然而，更令张爱玲痛彻心扉的事却在后面。1945年，日本投降后，有汉奸背景的胡兰成在逃难的途中，居然与昔日同窗的庶母范秀美做了夫妻。思思念念无眠，遥望山高水长，已有半年未曾见面的张爱玲，为了寻他来到温州，却亲眼看见自己至爱的男人与另一个女人的亲密。她的心中只有他一人，而他的身边从不缺少女人。

两个女人与一个男人的三角关系，无论如何都只能是尴尬。因为怕范秀美的邻居对三人的关系有所猜忌，他们三人都是在旅馆见面的。

一个清晨，胡兰成与张爱玲在旅馆说着话，隐隐腹痛，他却忍着。等到范秀美来了，他一见她就说不舒服，范秀美坐在房门边一把椅子上，但问痛得如何，说等一会儿泡杯午时茶就会好的。张爱玲当下就很惆怅，因为她分明觉得范秀美是胡兰成的亲人，而她自己倒像个"第三者"或是客人了。

还有一次，张爱玲夸范秀美长得漂亮，要给她作画像。这本是张爱玲的拿手戏，范秀美也端坐着让她画，胡兰成在一边看。可刚勾出脸庞，画出眉眼鼻子，张爱玲忽然就停笔不画了，说什么也不画了，只是一脸凄然。范秀美走后，胡兰成一再追问，张爱玲才说："我画着画着，只觉得她的眉眼神情，她的嘴，越来越像你，心里好不震动，一阵难受就再也画不下去了。”这就是世人所说的“夫妻相”吧。张爱玲真的是委屈的，她的心里只有这一个男人，而这个男人的心里却装着几个女人，叫她怎么能不感伤?

离开温州的时候，胡兰成送她，天下着雨，真是天公应离情。这场雨，也冲刷了他们曾经的“倾城之恋”。张爱玲已经知道，她这一生最美的爱情已经走到了辛酸的尽头，再也没有挽回的余地了。

此后的八九个月时间，两人偶有通信。张爱玲也会用自己的稿费接济胡兰成，只因怕他在流亡中受苦。

“靡不有初，鲜克有终”的道理都懂，但心还是幽凉、迫寒。就像不敢触《红楼梦》的结尾，怎么那么一个“鲜花着锦，烈火烹油”的钟鸣鼎食之家，竟忽喇喇似大厦倾，最后落得白茫茫一片大地真干净。那种心哀，是怎样都释怀不了的。兰成对爱玲呢，那么相知，那么懂得，却也做不到“初见惊艳，再见依然”。

《子夜歌》中有“端然有忧色”，爱玲是忧的，却又是达观的。她包容了胡的薄情、胡的不忠，而以慈悲之心度之。她没有与胡兰成到决绝的地步，一次又一次包容了他。甚至在兰成穷困潦倒时，却去接济他。“想你没有钱用，我怎么也要节省的。”那么一个清绝于世的女子，对她深爱的男子，如此的卑微。一切皆因她懂他。

这种智慧的慈悲，想来定是人生一种大境界，可以不顾一切微言大义，去成全别人，而落单自己。爱，都多多少少有慈悲的因素吧。从素不相识，到相知、相爱，这是一个多么神奇而微妙的过程啊。那时，天地定乎清爽起来，真正是山不厌高，海不厌深。可是一切来得快，去得也倏然，甚至还没有怀味的余地，却已是明日黄花。去成全他吧，对他慈悲的同时，也是对自己的放马。当然，这要有一个前提，那便是懂得。虚的、假的懂得都做不到真正的慈悲。高山流水知音少，清风明月两闲人。人生在世，若能得一二知己，对窗前明月亦是感激的。可是，当爱已远，就给它一个余地、一个念想。

“因为懂得，所以慈悲。”这是张爱玲初给胡兰成的信中所写，没想到却成为他俩结局的谶语。一个女子，爱上了一个男子，究竟是幸还是不幸？

这段“倾城之恋”结束了，张爱玲从未就这一场恋情说过只言片语，我们只有从胡兰成所著的《今生今世》中《民国女子》去考证。这段感情，究竟孰是孰非，也许真的并不重要。

就像张爱玲在《金锁记》的开头说的：

“我们也许没赶上看见三十年前的月亮，年轻的人想着三十年前的月亮应该是铜钱大的一个红黄的湿晕，像朵云轩信笺纸上落了一滴泪珠，陈旧而迷糊。老年人回忆中的三十年前的月亮是欢愉的，比眼前的月亮大，圆，白，然而隔着三十年后的辛苦路往回看，再好的月亮也不免带点凄凉。”

她经历了星河的斑斓，却只能独自华美地哀伤。在75岁时，她用最安静、最洁净的方式离开了人世。

张爱玲，这朵开在尘埃的花凋谢了，她那不可一世的才情也随之凋谢了！

致张爱玲（一）

爱玲：

我坐在忘川里的湖边，看微风拂过，湖面浮着枯黄的柳叶，柳枝垂落水面，等待着风给予的飘落，那是种凋零的美。风的苍凉里，我听到了那款款席来的秋的脚步正透过水面五彩的色调，荡漾而来。湖水的深色给人油画的厚重感，那天边的夕阳，是你爱看的。不知道你经常仰望天空的那个窗台，如今是何模样，如今是谁倚在窗边唱歌。

我常以为，天空是湖泊和大海的镜子，所以才会如此湛蓝。我坐在这儿，静静地等你，我的爱。而你，此刻在哪里呢，真的永不相见了么。记得那时，我们整日地厮守在你的住所——静安寺路赫德路口一九五号公寓六楼六五室。爱玲，你可还记得我们第一次见面时的情景，想想也是好笑的，到现在我还无法解释当时的鲁莽。在《天地》上读了你的文，就想我是一定要见你的。从苏青那里抄得了你的地址后就急奔而来，得来的却是老妈妈一句：张小姐不见人的。我是极不死心的人，想要做的事一刻也耽搁不下，想要见的人是一定要见的。那时只有一个念头“世上但凡有一句话、一件事，是关于张爱玲的，便皆成为好”。当即就立于你家门口写下我的电话和地址，从门逢塞进。你翌日下午就打电话过来，我正在吃午饭，听得电话铃声，青芸要去接，我那时仿佛已感应是你的，就自己起身接了。你说你一会儿来看我，我就饭也不吃了，坐也不是，立也不是，吩咐青芸泡茶，只等你来了。我那时住大西路美丽园，离你家不远，不一会你就来了。我们一谈就是五个小时，茶喝淡了一壶又一壶。爱玲你起身告辞，我是要坚持送你归去，二月末的天气里，我们并肩走在大西路上，梧桐树儿正在鼓芽，一枝枝蠢蠢欲动的模样，而我们，好得已经宛若多年的朋友。

翌日一早，忍不住地一睁开眼就想要见到你，我打电话去，老妈妈接的，说张先生忙了一夜，在休息。但我还是很早就去了，从电梯管理员那里拿了报纸，坐于你家门口的楼梯上等你。老妈妈开门出去买菜，见到我，一定要我到屋里坐，我怕扰了你，还是坐在楼梯上安心，直到你醒。你从门洞里歪出半张脸，眼睛里看得到你是欣喜的，这是我希望得到的回应。换了鞋，跟在你身后进了房间，你房里竟是华贵到使我不安，那陈设与家具原简单，亦不见得很值钱，但竟是无价的，一种现代的新鲜明亮几乎是带刺激性……当时我就想："三国时东京最繁华,刘备到孙夫人房里竟然胆怯，爱玲你的房里亦像这样的有兵气。在爱玲面前，我想说什么都像生手抱胡琴，辛苦吃力，仍道不着正字眼，丝竹之音变为金石之声。"那天，你穿宝蓝绸裤袄，戴了嫩黄边框眼镜，越显得脸儿像月亮。你给我倒茶，放了糖的，才知道你原是跟孩子一般极喜欢甜食的。此后的数日，每隔一日，我是必去的，到后来竟是止不住地天天要去了，而你也是愿意见我的。我们整夜整夜地说话，才握着手，天就快亮了。

这样，有半年光景，我们就结婚了。可是世事布下的局，谁能破了?

之后，因为因时局发展，我又辗转武汉，在那里认识小周，自此背信于你。可是生在那个动荡的年代，人人都要疯掉了。次年，日本无条件投降，我被划为文化汉奸被政府通缉，到温州老家避难，与秀美成婚。你来看我，要我于小周同你之间做出选择，我不愿舍去小周，更不愿失去你，我无法给出选择，你在大雨中离去。间隔没几日，我又回到上海，去你那里，我们再不像从前那般亲近，甚至我轻触你手臂时，你低吼一声，再不愿我碰你。我睡了沙发，早晨去看你，你一伏在我肩头哽咽一声"兰成"，没想到那竟是我们最后一面。我起身离去，回到温州。数月后收到你来的诀别信，随信附一张三十万的支票，是你的《太太万岁》和《不了情》的剧本费。

自你与我分手后，我依旧是每每写一文都要寄予你，直至写成《吾妻张爱玲》后，你把我寄去的所有书信原址退回。想我是不自量力的，而你是说到做到的："我已经不喜欢你了。你是早已经不喜欢我的了。这次的决心，是我经过一年半的长时间考虑的。你不要再来寻我，即或写信来，我亦是不看了。"爱玲是真的不喜欢我了，那个"见了他，她变得很低很低，低到尘埃里，但她心里是欢喜的，从尘埃里开出花来"的爱玲不见了。爱玲，记否我们初见时我写给你的"因为懂得，所以慈悲"？如今看来，我终究是不能明白你的。你原是极心高气傲的，宁可重新回到尘埃之中，也不甘让我时时仰望了。之前我竟一直愚笨到想你永远是我窗前的那轮明月，我只要抬头，是时时都能仰望见你的。

上次遇见炎樱，炎樱说我们："两个超自以为是的人，不在一起，未必是个悲剧。"我说："爱玲一直在我心上，是爱玲不要我了。"听了这话炎樱在笑，又说："两个人于千万人当中相遇并且性命相知的，什么大的仇恨要不爱了呢，必定是你伤她心太狠。有一次和张爱玲一起睡觉，张爱玲在梦中喊出'兰成'二字，可见张爱玲对你，是完全倾心，没有任何条件的，哪怕你偷偷与苏青密会，被她撞个正着；还有秀美为你坠胎，是张爱玲给青芸一把金手镯让她当了换钱用。这些，虽然她心头酸楚，但也罢了，因为你在婚约上写的要给她现世安稳的。"我无语，只能用李商隐的两句诗："星沉海底当窗见，雨过河源隔座看"来形容我的懊悔。当时炎樱是我们的证婚人，你在婚书上写道："胡兰成与张爱玲签订终身，结为夫妇。"我亲手在后面又加了一句"愿使岁月静好，现世安稳"的，可是没有做到的是我。

忽儿又想起那日你对我说："我自将萎谢了……"不，爱玲，我立时慌张起来，你要好好的。我去找你，熟悉的静安寺路，熟悉的一九二号公寓六楼六五室，矗立门前，门洞紧闭。我曾经无数次地在门洞打开后看到你可爱的脸，可是你毕竟是不在了。六三室的妇人粗声对我说六个月前你已经搬走。我想像不出那一屋的华贵随你到了哪里，那一层金黄的阳光如今移居到了哪儿，还有那随风翻飞的蓝色窗帘遗落在何处。离开的时候第一次没走楼梯，我在这昏黄的公寓楼梯间里隔着电梯的铁栅栏，一层层地降落，仿佛没有尽头，又恍惚如梦，我仿佛是横越三世来见你的，而你却不在。

想你于我之间的事，仿佛是做了一场梦，你是一直清醒着的，而我……

梦醒来，我身在忘川，立在属于我的那块三生石旁，三生石上只有爱玲的名子，可是我看不到爱玲你在哪儿，原是今生今世已惘然，山河岁月空惆怅，而我，终将是要等着你的。

兰成

致胡兰成（一）

兰成：

我已经不喜欢你了，你是早已不喜欢我了的，这次的决心，我是经过一年半的长时间考虑的。

彼时唯有小吉故，不欲增加你的困难。你不要来寻我，即或写信，我亦是不看的了。

爱玲

一九四七年

致张爱玲（二）

爱玲：

《战难和亦不易》与《文明的传统》两书手边没有，唯有《今生今世》大约与下月底可以付印，出版后寄你。《今生今世》是来日后所写。收到你的信已旬日，我把《山河岁月》与《赤地之恋》来比并着又看了一遍，所以回信迟了。

兰成

致胡兰成（二）

兰成：

你的信和书都收到了，非常感谢。我不想写信，请你原谅。我因为实在无法找到你的旧作作参考，所以冒失地向你借，如果使你误会，我是真的觉得抱歉。《今生今世》下卷出版的时候，你若是不感到不快，请寄一本给我。我在这里预先道谢，不另写信了。

爱玲

十二月廿七

人物小传

张爱玲，民国四大才女之一。1920年9月30日出生在上海公共租界西区的麦根路313号的一幢建于清末的仿西式豪宅中。家世显赫，祖父张佩纶是清末名臣，祖母李菊耦是朝廷重臣李鸿章的长女。一生创作大量文学作品，类型包括小说、散文、电影剧本以及文学论著。她的书信也被人们作为著作的一部分加以研究。

胡兰成，原名胡积蕊，小名蕊生，中国近代作家与争议性人物，为张爱玲第一任丈夫。胡兰成出生于浙江嵊县，青年时于燕京大学退学，对日抗战时期替汪精卫的亲日伪政权服务，晚年出版的最后一本书《今生今世》详细地描写了他在爱情与政治上摇摆的个性。胡兰成在抗战胜利后逃到日本，晚年曾到台湾文化大学开课教书，1981年死于日本东京。

丁玲·胡也频

自白

——胡也频

所以，“爱之忠仆”
为少女之贡礼，
我只现唇边的微笑，
胜似甜蜜的言语。

呵，可爱的女神！
轻声你的脚步；
更不要任发儿乱飘，
是我失去平静。

此去若临海，我愿你裸体而浴，
令白鸥惊诧，月光羞赧，
碧波将变成爱情之潮。

你倦了，故意陶醉，
把身体下沉，举手向天空呼喊，
则我必奋勇如古代之骑士，
抱你纤腰，低唱生命之舞曲。

倘若浪花欲拥你远去，
要求为海上女王，
群岛可为我作证，
我是你永世尽忠之侍臣。

呵，慢点，你勾引我心之天使，
让我暂停片刻，
我想向落霞的天边，
告诉你：那是我们爱情的别墅。

> 有一个譬喻，
> 没有一句凑当的成语；
> 即使伟大的诗人呵，
> 也体会不到一个在思念着
> 爱人的心情。

红色恋人

认识胡也频的那一年，是1924年夏天。彼时，丁玲正在北京补习功课准备报考美术学校；胡也频则因就读的天津大沽口海军预备学校停办，也早已来到北京，靠编写稿件谋生。

初次的相识，胡也频并没有给丁玲留下太深刻的印象，然而，胡也频对丁玲却可以说是一见钟情，再见倾心。

相识不久，胡也频就手捧一束娇艳的黄玫瑰出现在了丁玲的面前，花朵间的纸条上写着："你一个新的弟弟所献。"那时，丁玲的亲弟弟刚刚夭折不久，常常喊一声"弟弟"，然后自己哀哀地痴坐痛哭一整天。胡也频可能是想以此博得对方的一笑，或者说想让对方窥见一颗忘情的心，所以尽管自己比丁玲大一岁，却自称为弟弟。然而，落花有意，流水无情，此时的丁玲所渴望的并非爱情。

1925年3月，丁玲参加美术学校的考试，却没有被录取，在寻找可以谋生的工作时也难以如愿，她的人生陷入了低谷。在无路可走的情况下，她给鲁迅先生写了一封信，希望她所仰慕崇拜的鲁迅先生能为自己提出一条前行的道路。

信寄出去后，丁玲天天盼着鲁迅先生的回信。然而，阴差阳错的是，由于当时鲁迅与现代评论派论战犹酣，误认为这是沈从文化名捣鬼，便不作回信。得不到回信的丁玲焦急不堪，几乎绝望了，于是在万般无奈之下离开北平，回到了老家湖南常德。

丁玲的郁闷，母亲不会理解，母亲只是觉得有个孩子在自己身边真好。但，私底下，丁玲振翅高飞的欲望从未停止过，她想一定会有天使来救自己的。果真，这清浅的日子没过几天就被打破了，打破者为胡也频。

那一日，在湖南静静养心的丁玲正跟着母亲学着乐器，排遣心情，突然房门被敲得咣咣响。于是，丁玲与她母亲同去开门，都惊异地注视着门外这个穿着月白长衫的年轻人。

丁母惊诧这是哪里来的访问者；丁玲诧异这个在北京刚刚见过几面、萍水相逢、交往不深的人为什么远道来访。

丁玲后来有回忆文章说："我也诧异这个我在北京刚刚只见过两三次面、萍水相逢、印象不深的人，为什么远道来访。但使我们更诧异的是这个少年竟然是孑然一身，除一套洗换裤褂外便什么也没有，而且连他坐来的人力车钱也是我们代付的。"

胡也频的突然出现也将火热的爱情展现在丁玲面前，她和他像桨遇到了船，并肩前行是共同方向。很快，丁玲了解到胡也频苦难的家世和一个漂泊者的痛苦经历。所以，那些日子，湘西僻远的常德、空旷静寂的庙宇，消了都市的烦闷和喧嚣，成了这两个漂泊青年的情感栖息之地。应该说，丁玲是在不懂得爱的时候仓促地爱了。在湖南的常德，两人度过了甜蜜的初恋时光。

"那时对恋爱毫无准备，也不愿意用恋爱或结婚羁绊我。我是一个要自由的人。但那时为环境所拘，只得和胡也频作伴回北平。本拟到北平后即分手，但却遭到友人误解和异议。我一生气，就说同居就同居吧，我们很能互相谅解和体贴，却实在没有发生夫妻关系。我那时就是那样认识的。我们彼此没有义务，完全可以自由。但事实慢慢变得似乎仍然应该要负一些道义上的责任。我后来认为那种想法是空想，不能单凭主观，1928年就决定和也频白首终身，断绝了保持自由的幻想。”丁玲如是说。由此可见，那时的丁玲对恋爱毫无准备，只能在茫然中应对这突如其来的爱情。而丁玲和胡也频最终走到一起，责任感的加强起了一定作用。虽然这爱看上去颇为牵强，倒也不乏真诚。

婚后的生活虽然清苦，但不乏甜蜜。婚姻生活不光是浪漫的爱情，还有柴米油盐，而他们二人都不是善于理财持家的人，因此常常断粮绝用。日常生活的琐碎并没有影响他们之间的感情，反而增添了些许乐趣。

彼时，他们住在香山，每当揭不开锅的时候，他们二人就一起用散步的方式到城中典当一些衣物以解燃眉之急。也许文人都有一种深入骨髓的浪漫，有时两人下山虽是为筹措伙食，但却常常走到半路忘了这件事，因为关心泉水与天上的白云，在路上一坐常常就是几个小时。有一次，黄昏上山，因为眷恋天上新月的美丽，两人竟在玉泉山小河边坐到半夜。呵呵，这两个性情中人完全没有让沉重的生活压力将爱情的光彩遮掩，也为这不食人间烟火的爱添加了一点温暖缠绵。

1930年11月8日，丁玲产下一子，取名胡小频，也就是后来的蒋祖林。出院后，他们已身无分文，两人只能共吃一客包饭。任何人在面对如此窘迫的境遇时，大抵都会愁眉苦脸，甚至是哭哭啼啼，但是他们二人却感觉精神上比以往任何时候更充实，也更乐观。

然而，在那个动荡不安的年代，连最为清贫简单的幸福都略显奢侈，上天终究还是忌妒了，它毫不留情地夺走了丁玲的幸福。

1931年1月17日凌晨，胡也频告诉丁玲，他要去开左联执委会会议，中午回来吃中饭，可是中午他没回来。

日落西山后，霓虹灯开始闪烁，舞池里荡漾起男男女女的脚步，餐厅里也开始热闹起来。伴随着不知哪家窗口飘出的那曲《毛毛雨》，上海开始上演光幻交织的夜生活。丁玲怀抱着啼哭的儿子伫立在窗前，眺望着窗外的世界，等待着胡也频的归来。一阵阵刺耳的警笛声盖过了孩子的啼哭声。浓浓的黑夜，让她的心里说不出地恐慌。

这一夜是如此的漫长，风声，雨声，婴儿轻柔的呼吸声，一切都显得那样无助。丁玲呆坐在屋子里，灯光下母亲送给他们作为结婚礼物的茶具回映着轻柔的光芒。直到天明，胡也频也没有回来。

新的一天已经开始了。和临时雇来的保姆交代了几句，丁玲便开门下楼，去寻找一夜未归的丈夫。苦寻一天未果的丁玲回到家以后，帮助寻找胡也频的沈从文来了。他带来一张用铅笔写的发黄的纸，证实了胡也频被捕的消息。当时听到这个消息，丁玲浑身瘫软，她预感到自己将要永远失去胡也频了。她无力哭泣，现实也不允许她哭泣，她必须四处奔走，设法营救胡也频。于是，她与沈从文一道找到了中共元老李达夫妇，经商量，请胡适、徐志摩写信给蔡元培，设法让当局放人。接着，沈从文独自跑到南京，找邵力子想办法。邵力子写信给上海市长张群，请求斡旋。后来沈从文又陪同丁玲赶赴南京求助于中统头子陈立夫门下。由于“案情重大”，一切努力都无济于事。

1931年2月7日，年仅29岁的胡也频被枪决于上海的龙华司令部。凄厉的枪声震撼了中国，也击碎了丁玲最初的爱情。

“千里的路，若是只能陪你风雪一程，握你的手，前程后路，我都不问。”这说得何其好。既不能相随一生，就默默感念，远远眺望，直到定格为别有的妩媚与淡然。

致胡也频

爱人：

先说这时候，是11点半，夜里。

大的雷电已响了40分钟，是你走后的第二次了。雨的声音也庞杂，然而却只更显出了夜的死寂。一切的声音都消失了，唯有那无止的狂吼的雷雨和着怕人的闪电在人间来示威。我是不能睡去的，但也并不怎样便因这而更感到寂寞和难过，这是因为在吃晚饭前曾接到一封甜蜜的信，是从青岛寄来的。大约你总可猜到这是谁才有这荣幸吧。不能睡！一半为的雷电太大了，即便睡下去，也不会睡着，或更会无聊起来，一半也是为的人有点兴奋，愿意来同我爱说点话。在这样的静寂的雨夜里，和着紧张的雷雨的合奏，来细细地像我爱就在眼前一样地说一点话，不是更有趣味吗？（这趣味当然还是我爱所说的“趣味的孤独”）。

电灯也灭了，纵使再能燃，我也不能开，于是我又想了一个老法子，用猪油和水点了一盏小灯，这使我想起五年前在通丰公寓的一夜来。灯光微小得很，仅仅只能照在纸上，又时时为水爆炸起来，你可以从这纸上看出许多小油点。我是很艰难地写着这封信，自然也是有趣味的。

再说我的心情吧，我是多么感谢你的爱。你从一种极颓废，消极，无聊赖的生活中救了我。你只要几个字便能将我的已灰的意志唤醒来，你的一句话便给我无量的勇气和寂寞的生活去奋斗了。爱！我要努力，我有力量努力，不是为了钱，不是为了名，即使为偿补我们分离的苦绪也不是，是为了使我爱的希望不要失去，是为的我爱的欢乐啊！过去的，糟蹋了，我的成绩太惭愧，然而从明天起我必须遵照我爱的意思去生活。而且我是希望爱要天天来信勉励我，因为我是靠着这而生存的。

你刚走后，我是还可以镇静，也许是一种兴奋吧，不知为什么，从前天下午起，就是从看影戏起便一切全变了，××邀我去吃饭，我死也不肯，××房里也不去，一人等在家里只想哭。昨天一清早，楼下听差敲房门（因为××也没有用娘姨）说有快信，我糊里糊涂地爬起来，满以为是你的来信，高兴得了不得，谁知预备去看时，才知道是×××来的，虽说他为我寄了十一元钱来，我是一点也不快乐的，而且反更添了许多懊恼了。下午一人在家（××两个看电影去了），天气又冷，烧了一些报纸和《红黑》、《华严》，人是无聊得很，几次想给你写信，但是不敢写，因为我不敢告诉你我的快死的情形，几次这样想，不进福明[①]也算了，不写文章也算了，借点钱跑到济南去吧。总之我还是不写，我想过了几天再写给你，说是忙得很便算了。一直到晚上才坐在桌边，想写一首诗，用心想了好久，总不会，只写了四句散文，自己觉得太不好，且觉得无希望，所以又只好搁笔了。现在抄在下面你看看，以为如何（自然不会好）：

有一个譬喻，
没有一句凑当的成语；
即使伟大的诗人呵，
也体会不到一个在思念着爱人的心情。

唉！频！你真不晓得一个人在自己烧好饭又去吃饭时的心情，我是屡次都为了这而忍不住大哭起来的。

楼下听差我给了他一块钱，因为我常常要他开门和送信。因此自己觉

① 福明，即上海福明医院。

得更可怜了，便也曾哭过的。

今天一起身看见天气好，老早爬起来，想振作，吃了一碗现饭，便拿了《壁下译丛》到公园去了。谁知太阳靠不住，时隐时现，而风却很大，我望着那蠢然大块压着的灰色的重云，我想假使我能在天上，也不会快乐的了。我不久便又踽踽地走回来了。下午××两人又去看电影，邀我去，我不愿，我是宁可一人在家思念我的爱而不愿陪人去玩，说得老实点，说是想依着别人去混过无聊的时日。在丁玲是不干的。可是天气还是冷，你知道，一冷我是无办法，所以在黄昏我便买了半块钱的炭回来了。现在还是很暖和地一边烤着火，一边为你写信。若是没有一点火，我是不坐下来的。

现在呢，人很快乐。有你一切都好，有你爱我，我真幸福，我会写文章的。而且我决定安心等到暑假再和你相聚，照我们的计划做去，而且也决心，也宣誓以后再不离开了。

雷电已过去，只下着小雨，夜是更深了。灯也亮了，人也倦了，明天再谈吧，祝我的爱好好地睡！

我真的是多么甜蜜而又微笑地吻了你来信好几下呢！

你爱的曼珈[①]

一点差十分

---

① 曼珈，即丁铃。

人物小传

丁玲，原名蒋冰之，中国现代著名女作家。湖南人。五四运动后从事小说创作，主要作品有《太阳照在桑干河上》等。

胡也频，中国现代作家，福建福州人。1924年开始从事文学创作，后与丁玲结婚。曾任“左联”执委会执行委员等职，1931年2月7日被国民党杀害于上海龙华。

与一个理想的她

——蒋光慈

昨夜将你梦见
在那无名的诗境的花园里：
那花儿真芬芳啊！是你的香气！
那鸟儿真欢叫呵！
是你的妙语？
你把我的心灵浸得沉醉了，
我倾卧在你的温怀里。
哎！你是如何欢欣和荣幸啊！
你证实了诗人的想象是真的。

我爱！每一个诗人都爱美，
你的美更令诗人神飞而心醉。
但是美是变动的啊，
我爱你却永远无涯际。
我爱你，我永远地爱你。
我将我的心灵贡献给你，
我将一切所有的交给你；
我只要你给我歌，给我爱，
给我蜜吻，给我安慰。

我爱，你为甚这般疯狂地爱我呢？
为着我的财富，为着我的美貌？
不是，那财富是赃物，
那美又是时常变动的，
你爱我哪是为着这个呢？
你爱我，你疯狂地爱我，
因为我是诗人，你是司文艺的女神。

当我疲倦于革命的歌吹时，
我要饮温情的绿酒，
我爱，你替我斟注啊！
当我沉闷于人生的烦劳时，
我要听芳琴的细奏，
我爱！你给了我低弹了啊！
饮了绿酒，
听了细奏，
我又不得不高唱人生，
在那革命的怒潮中飞舞。

我爱，你静听啊！
你听了我俩的心房内
跳弹着什么人生的音节？
世界上没有什么比雪还白，
世界上没有什么比我们的爱情还洁；
我们的结盟永不破裂，
我们的生命的流泉永不干竭。

不思量，自难忘

任谁了解了蒋光慈与宋若瑜的悲怆恋歌，都会被二人在黑暗年代追求爱情之火炬的真情所感动。那么他们的爱情究竟是怎么发生的呢？

1903年，宋若瑜出生在河南汝县农村，因家境贫寒，少年时即随父母流落到开封。在颠沛流离当中，原本兄弟姊妹九个，故去了八个，最后只余下宋若瑜一个，父母因此含辛茹苦供她读书，希望日后有个靠山。宋若瑜倒也不负父母厚望。才华横溢，不输男儿。

1901年，蒋光慈出生于安徽霍丘白塔畈，比宋若瑜大两岁。自小便喜欢打抱不平的蒋光慈，15岁在固始中学就读时，对校长刘春节欺凌贫苦学生的行为极为不满，狠揍了校长一顿，因而被开除，转入芜湖五中，因能力突出，被推选为该校学生自治会副主席。

1919年，宋若瑜参加了以省立二中学生曹靖华为核心的青年学会，成为该会唯一女性。青年学会的秘密联络点就设在她家，该会会刊为《青年》。

彼时，远在芜湖的蒋光慈从同学那儿了解到青年学会，热情极高，积极为《青年》写稿，并成为该会外省籍会员，而他和宋若瑜归根究底也结缘于此。

那一年，在《青年》第四、五期上，蒋光慈发表了《谈李超传》、《我对于自杀的意见》两篇气势磅礴的文章，正是这两篇文章深深吸引了宋若瑜。1920年初夏，宋若瑜向蒋光慈发出了第一封信，蒋光慈立即回信，于是，长达六年的通信就这样开始了。

收到宋若瑜的信后不久，蒋光慈便在上海遇见了曹靖华，于是他向曹靖华详细地打听了宋若瑜的情况。之后，他与曹靖华一同进入共产国际在上海兴办的“外国语学社”学习俄语，随后就与刘少奇、任弼时一起赴莫斯科东方共产主义劳动大学学习。直到此时，他都没有见到宋若瑜的庐山真面目。

1924年，蒋光慈留学归来，在上海大学任教。一回国，他就四处打听宋若瑜的近况。此时的宋若瑜正在信阳二中教书，于是，蒋光慈回国后的第一封信就寄到了信阳。

频繁的书信往来，让两个从未见过的人感情日趋浓烈。1925年初放寒假时，宋若瑜回到了开封父母身边。彼时，宋若瑜最好的朋友余培之婚姻生活极其不顺，结婚还不到半年，夫妻感情就变得异常恶劣。宋若瑜因此对婚姻有了恐惧感，甚至有了独身的想法，这让蒋光慈颇为着急。虽然彼此通信时间已有很久，但是双方长得怎么样却互相不知道，宋若瑜答应寄来的照片听说被她的一个朋友拿去也没能寄成，总有些让人放心不下。

不得已的情况下，蒋光慈给宋若瑜写了封长信，在信中他分析了婚姻与恋爱和生理的关系，并予以劝解，希望能打消宋若瑜的独身念头。其实宋若瑜也并非真心独身，只是因朋友而伤感罢了。2月16日，正在栽兰花的蒋光慈终于收到了宋若瑜寄来的照片，而且凑巧的是，包照片的信纸上恰好印的是兰花。默想着如此契合的缘分，蒋光慈的心中有无法言喻的愉悦。

1925年4月中旬，蒋光慈到中共北方局工作，被李大钊分配去冯玉祥部担任苏联顾问的翻译，经常往来[illegible]北京、张家口之间。这期间，蒋光慈把宋若瑜的照片带在身上，一有[illegible]就拿出来看看，想要见到恋人的欲望也因此越来越强烈。离开上海赴[illegible]京的4月16日，他把自己的照片寄给了宋若瑜，此后几乎每封信都督促[illegible]若瑜进京，两地相思也从此一天天浓烈起来。

1925年暑假，宋若瑜先到了开[illegible]，决定到北京与相思六年的恋人见面。7月18日，蒋光慈接到宋若瑜[illegible]京的信，高兴得快要跳起来。蒋要请假，朋友们不允许，说他一走什[illegible]事情都得停止，急得他与两个朋友几乎吵了起来。好不容易挨到20日[illegible]宋若瑜即日到京，蒋光慈不顾一切地跑了。

多少回梦里呼唤，多少回心中[illegible]画，多少回揽镜徘徊，终于要和魂牵梦萦的人见面了，蒋光慈的心中有[illegible]悦，也有不安。在夏日京城火车站的月台上，他伸颈张望，远远的火车[illegible]开近了、近了……

而坐在火车里的宋若瑜心里也[illegible]样充满着期待，她透过车窗望去，看到站台上那个西装笔挺、精神奕奕[illegible]年轻人是那么的熟悉，那张脸是如此亲切，仿佛早就认识他一般，或许[illegible]世，抑或是梦中……

当她走下车，他们几乎是同时[illegible]出了对方，千古一爱就这么定格了。

他们一同住进了旅馆，享受着[illegible]暂的甜蜜。蒋光慈因公务在身，并不能陪宋若瑜太久，盼了六年的见面[illegible]来也匆匆，去也匆匆，这让彼此都恋恋不舍！

7月28日，宋若瑜给已去张家[illegible]的蒋光慈发了一封短信：

“旅馆握别，怅然若失！数[illegible]迷糊若梦，不知所以！”

7月31日，宋若瑜的母亲到[illegible]京，父母对他们的婚事并不反对，但毕竟放心不下。蒋光慈急切希望[illegible]期结婚，宋若瑜却希望读完书再嫁，不希望匆忙结婚。8月1日蒋光慈[illegible]赴北京，见到了宋的母亲。母亲对蒋光慈本人是满意的，但反对马上[illegible]婚，并坚持要对蒋光慈过去曾订婚一事进行调查。

原来，蒋光慈读书时，邻村大户王家看中了他，与之提亲。蒋家迫于权势应承了，蒋光慈为躲婚一直没回过家。后来，蒋家只好把已订婚的未婚媳妇王书英以女儿身份嫁了出去，蒋光慈还以哥哥身份送了500银元作陪嫁。两代人两天时间里谈得并不愉快，8月3日，蒋光慈又得匆匆离去，这一难忘的会面也就这么结束了。宋若瑜与母亲于8月6日11点由北京动身回开封。

母女俩一回到开封，街谈巷议，许多捕风捉影的谣言令宋若瑜的父母极为气愤。宋若瑜本不在意的，可父母一味指责她，她也就更为伤心了。不得已，她于8月13日到信阳，之后，转赴南京复学。

这时候，蒋光慈已回上海大学教书，常常找机会到南京与恋人相聚。

1925年11月17日早晨，宋若瑜在《英文选》上看到一首英文诗《紫兰花下》，她被那可爱女郎死后的凄美深深感动，情不自禁地翻译起来，随后将译文寄给蒋光慈，希望他改一改并把后三节翻译一下。他们怎么也没想到，这竟是一年后翻译者自己的写照。

1926年元月，宋若瑜又从南京回开封过年，一病不起，蒋立即前往探视，经过治疗，已初步康复。于是蒋极力劝说宋退学到上海休养。

此后，宋若瑜一面在上海美术专科学校听课，一面作画治病。他们居住在卡德路一座石库门房子里，过着温馨和谐的夫妻生活。

蒋光慈后来回忆说：“在法国公园里，我和若瑜并肩坐在荷花池边，互相依偎着，向那欢欣、圆满而晶莹的明月望去，两人默然不语，如被幸福的酒浆所溶解似的，恍惚升入仙境。”

可惜，婚后仅一个月，宋若瑜的肺病就复发了，甚至出现头昏休克，蒋光慈四处求医。一位名医指点说：“肺病到了第三期，上海没有办法，只有到庐山去疗养了。”于是夫妻俩星夜兼程赶赴庐山。

庐山，这举世闻名的避暑天堂，无疑给高烧不退的宋若瑜送来了希望。松风鸟语，云涛雾海，挽留着她美丽的生命。这时，著名革命家方志敏也因肺病住院，这位蒋光慈的朋友时常与他们夫妇在一起，增添了不少情趣。

8月22日，宋若瑜给已返回上海的丈夫写了一封信，说近几天不发烧了，饭也能吃了，准备住到10月份就下山，请他找个空气清新又带厨房的房子，准备回上海后自己弄饭，并希望蒋光慈寄一张照片到庐山来。

9月10日，她收到了蒋光慈的照片，回信说，下个月就回上海。

9月15日，收到了蒋光慈的电报，回信说，这些天好多了，不烧了，等时局平定就回去。这以后的日子里，她一直发烧，精神非常不好，已不能提笔写字。

11月6日，365页日历在秋风中凋落，庐山牯岭医院三等病房里，宋若瑜却已停止了呼吸，带着太多太多的遗憾，永远离开了这个仅仅生活了23年的世界。而她的丈夫蒋光慈守在病床边，早已泣不成声。

1928年11月6日，宋若瑜两周年忌日，蒋光慈写出了他的血泪之作《牯岭遗恨》：

在云雾迷朦的庐山高峰，
有一座静寂的孤坟，
那里永远地躺着我的她
——我的不幸的早死的爱人。

1931年8月31日，蒋光慈忧思成疾，一病而逝，年仅30岁。病中恍惚，他泪眼惊呼："若瑜，请在庐山等我……"

何为生死不渝，何为至死方休？美若昙花，一夕而凋，人世间那震撼人心的爱情往往是天上人间，生死相随！蒋光慈与宋若瑜为我们谱写的这一曲庐山绝恋，注定是我们心中的一曲绝响。

致宋若瑜（一）

亲爱的瑜妹：

五月二十九日的信收到了。

你千万不要生气！你的学生所以这般地设法挽留亦不过是过于爱你，不愿与你离别，并没有什么恶意。我并不因为她们写信怨我生气，我很原谅她们，我请你也原谅她们罢。你不必认真与她们计较，伤了感情倒是很不好的事情。

你决定下学期不在二女师教书了，我极赞成。你还是在求学时代，现在应有求学的机会，无论进学校或是自修，但还是要求学。

你决定暑假来北京看我，安慰安慰我们六年来的相思，这是我唯一希望的事情！我的瑜妹！我相信你，我相信你决不至于不践约！固然，真正的恋爱不必斤斤于见面的迟早，但是我们都是人，都具有通常的人的习惯——早些见面总比迟些见面好些，会聚总比不会聚快乐些，握着手儿谈话总比拿起笔来写信要舒畅些。我的瑜妹！你以为？

你因为了解我，相信我，才能这般诚恳地，热烈地爱我——我的瑜妹！这是实在的，我相信你，我相信你。“侠僧究竟能否永远爱你？”这也是很自然的疑问。凡是一个人过于恋爱某一个人的时候，常常要起许多疑问，发生许多猜度。不过，我的亲爱的，你可不必这样地疑问。你倘若相信自己能永远地爱侠僧，那同时也就可以相信侠僧能永远地爱你了。我的瑜妹，请你放十二分的宽心罢！

读了你这一封信，我更觉着有无限的愉快！我并不以为你是一个贪生怕死的贵族式的女子；不过我有时却想到，通常因物质生活的关系，或因思想的不同易发生爱情的阻碍。这个我当然不能以为你将来不能同我共甘苦，不过我也同你一样，常常起一些疑问罢了。读了你这封信，我觉得我这种疑问是不必的，此后我在你身上将不发生任何疑问。凡是你所说的，我都完全领受，我都完全相信。我的瑜妹，你是我司文艺的女神，你是我的灵魂，我怎能在你身上发生疑问呢？

海可枯，石可烂，我俩的爱情不可灭！

我的瑜妹！祝你珍重！

你爱的侠哥

六月三日

倘若你从信阳只给过我两封信，那么，这两封信我都收到了。我本想多写信给你，奈因我的事情很忙，你又不时常给我信，所以就未能如愿。你明春来宁续读，我实在很喜欢，因为或者我们有见面的机会。你的精神，你的意志，我都表示十二分的敬佩。若瑜！努力罢！你将来有无穷的希望！我祝福你的将来！我希望每一个朋友都比我强，都比我更有造就。我又特别希望女友能够上进，能够立在我的前面。

今年我从那冰天雪地之邦，
回到我悲哀祖国的海滨，
谁知海上的北风更为刺骨，
谁知海上的空气更为奇冷。
比冰天雪地更残酷些的海上呀！
你逼得无衣的游子魂惊。

这是我《过年》诗的第二节。你问我上海的地面如何，我就把这节诗答复你。上海为中国资本主义最发达之地，为帝国主义压迫中国民众表现最明显之区，金钱的势力，外国人的气焰，社会的黑暗……唉！无一件不与我心灵相冲突！因这，我的反抗精神大为增加了。

上海大学已经放假了。我本拟回里一行，看看我那多年未见面的双亲，看看那多年未入眼帘的乡景，但是因种种事故，不能如愿，我已经说过了，我已成为一天涯的飘零者，还说什么家，故里，乡景……

写到这里，有人请我外出，不得已暂将笔放下，容改日再谈罢。

祝你健康！

侠僧

一月十一日

再者，我很奇怪：你的信是28日写的，为什么昨天我才接到呢？我每次写信，你要几天才接着？

你允许寄给我的相片呢？

又及

致宋若瑜（三）

瑜妹如握：

读8月10日由开封寄来之快信，悲喜交集；吾妹为爱我故，而备受许多之谣言与痛苦，实令我深感不安！吾妹虽备受许多之谣言与痛苦，而仍不减对我之爱情斯诚令我愉快已极，而感激无尽也。

北京会晤，畅叙数年相思之情怀，更固结精神之爱恋，诚为此生中之快事。孰知风波易起，谣言纷出，至吾妹感受无名之痛苦，扪心自问，我实负其咎，斯时我身在塞北，恨不能即生双翼至吾妹前，请吾妹恕有我之罪过，而我给吾妹以精神上之安慰。

惟我对吾妹有不能已于言者：社会黑暗，习俗害人，到处均是风波，无地不有荆棘，吾侪若无反抗之大胆及直挠不屈之精神，则将不能行动一步，只随流逐浪为被征服者可矣。数千年男女之习惯及观念，野蛮无理已极，言之令人可笑而可恨。中国人本非无爱情者，惟爱情多半为礼教所侵噬，致礼教为爱情之霸主。

噫！牺牲多矣！今者，吾侪既明爱情之真义，觑破礼教之无人性，则宜行所欲为，不必再顾忌一般之习俗。若一方顾忌习俗，一方又讲恋爱，则精神苦矣。父母固爱子女者，然礼教之威权能使父母牺牲其自身子女而不顾，戕杀其子女而不惜；子女若欲作礼教之驯徒，则只有牺牲爱情之一途。吾妹若真健者，请千万勿为一般无稽谣言及父母指责所痛苦，置之不问可耳。我深不忍吾妹因我而受苦痛！吾妹若爱我，则斩金截铁爱我可耳，遑问其他。若真因我而受苦痛，而不能脱去此苦痛，则请吾妹将我……

吾妹之受痛苦皆为我故，斯诚为我最伤心之事！我将何以安慰吾妹耶？近来每一想及我俩身事，辄唏嘘而不知所措。我本一漂泊诗人，久置家庭于不顾；然吾妹奈何？人生有何趣味？恋爱亦有人从中干涉，所谓个人自由，所谓人权云乎哉？噫！今之社会，今之人类！

吾妹！我永远不甘屈服于环境！我将永远为一反抗，为一赞诵革命之诗人！

珍重！珍重！

侠哥

八月十三日晚十时

致蒋光慈（一）

侠生我的爱友：

你三月六日的信，我收到已经好几天了，因为我精神不好，没有复你。这几天已经痊愈了，望勿为念。

亲爱的侠友！我知道你是很希望我能去南京上学，但是我又何尝不愿意去南京上学呢？我所以又来信阳的第一原因是二女师恳留，第二原因就是为我的上学经费还没有着落！我父亲不肯完全担负我的上学经费！我自己又没多余钱。我以前上学都是用我母亲的钱，可是现在她也没多少钱了！所以我不得不再积蓄些经费再去上学。

我友！我知道你是很寂苦的，我很希望我自己能多有些工夫来安慰你，我更希望你自己能自慰自爱，时常去和自然界接触来安慰自己。

我近来精神还算爽快，时常有些可爱的女郎来和我玩玩，余培之姊虽在附小教书，但是我也时常去和她玩，我们也时常去城外游玩。

我有时候烦闷起来，总不爱和一切的人说话，总爱一个人沉思，或者看看书，弹弹风琴。

上海有卖很好玩的画片吗？若有，请买几张给我。吾友！你在上海租房住吗？为什么不住在学校里？现在上课了，不能再写。祝你精神愉快。

你友若瑜

三月十三号

致蒋光慈（二）

敬爱的侠生：

又好久没接你的信了！计算已经十几天没来信，你忙吗？精神不好吗？不知为什么心中总是不安……

你上次来信说，你的教书生活很乏兴味，我刻下也与你同病，比你还麻烦些，天天这些杂事我真不耐烦管！职员就是公仆，什么看护、医生、夫役、厨子、账先生、教书匠……作个全套！唉！真是麻烦死了！我已经辞了几次，奈校长等决意不允。我在家还是小孩子一样，怎么会管这些事呢？上学期我只教书，精神到多快活！这学期把我忙得也不顾自修功课。真烦死我。

今天同她们一阵儿去乡下旅行，她们都小孩子样的采了人家许多花儿，我叫她们呢，她们也不言语地对着花儿笑，表示她们爱花的活泼姿态，煞是可爱。她们偷的花送了我几枝儿，我现在送你几朵儿，分点儿贼赃给我，哈哈，一笑。

我很爱二女师的学生，不然，我非刻下辞职不可。

我很爱自然，尤爱图画，惟我没有艺术天才。亦一恨事！我总爱画，但是总是画得不好，我气了现在也不画了。我想我终身从事于教育，专研究教育与心理学。我也好文学，然尚未得门径，望我友时常指教我，勉励我。

介石姊打算暑假后去上海入美术专门，惟不知该校办得究竟如何，我友能代打听否？

现在夜已深了，她们都沉沉地睡去，起了风，又下了细雨，身上觉着有点冷，睡觉去，容日再写。敬祝我友精神愉快。

你友若瑜上

四月一号夜十二时

人物小传

蒋光慈，现代小说家，又名蒋光赤，安徽霍丘人。“五・四”时期参加进步学生运动，曾赴苏留学。1924年回国后加入中国共产党，并从事进步的文学活动。

宋若瑜，蒋光慈的初恋。两人于1920年相识，因共同的志向而产生了相互爱慕之情，1926年8月，两人在上海结婚。不久，宋若瑜因病去世。

朱湘·刘霓君

情歌

——朱湘

在发芽的春天，

我想绣一身衣送伶，

上面要挑红豆，

还要挑比翼的双鸳——

但是绣成功衣裳，

已经过去了春光。

在浓绿的夏天，

我想折一枝荷赠伶，

因为我们的情

同藕丝一样缠绵——

谁知道莲子的心

尝到了这段的苦辛？

在结实的秋天，

我想拿下月来给怜，

代替她的圆镜

映照她如月的容颜——

可惜月又有时亏，

不能常倚着绣纬。

如今到了冬天，

我一物还不曾献怜，

只余老了的心，

在残烬明暗的灰间，

被一阵冰冷的风

扑灭得无影无踪！

有好多话要藏在心底，
专等一个人……
等她一世都没有踪迹，
宁可不作声。

与你共尝爱情的味道

1933年12月5日，已是上海一年中气温最低的季节。这一天的清晨，黄浦江边雾气茫茫，冷冽的江风打在脸上，给人增添些许寒意。英商怡和洋行的轮船码头上，年轻的朱湘穿着一身旧西服，戴着黑色圆边眼镜，眼睛里有灰败的神色，黯然失神。形体瘦弱的他，手中除了几本旧书和一个酒瓶之外，没有别的行李。

码头的工作人员开始检票，朱湘在人群的推搡之下，木然地登上了往返于上海和汉口的“吉和号”轮船。已经失业一年的朱湘登上吉和号轮船的目的，是为了去南京寻找工作。上船后，站在甲板上的朱湘放眼向码头上望去，他在送行的人群里，不停地搜寻着妻子霓君的身影，然而搜寻到的只有失望。随着一声汽笛的长鸣，船开始缓缓地离岸而去。

这一次离去，他再也没有回来！

一个诗人死了，这本不是什么大新闻。然而，这位几年前因为创作了《采莲曲》、《有忆》等大量诗歌，成为新月派诗歌的代表人物之一，被鲁迅誉为“中国济慈”的诗人，是在生活潦倒、爱情无望的境况下，手持

《海涅诗集》和自己的诗作投江自尽的。那些牵扯人间的诗歌，在冬日的清晨里也变得冰凉了，尽管满是爱情的味道。

朱湘是位名副其实的才子，在清华的时候，年纪轻轻的他便已文华出众，那时《晨报》、《小说月报》等知名刊物都时常有他的作品出现。也许一个诗人的一生注定与常人不同，18岁的年纪就有着与那个年纪不相符的情绪。

蜻蜓

红的绿的小的大的；

都好看，都有掠微波的薄翼。

荷叶

半卷的，全开的；

都可爱，都是蜻蜓的小绿伞。

这是诗歌《蜻蜓》的诗句，一个大男人讲起话来居然如此细细碎碎、柔情似水，怎能不吸引女孩子的注意和倾羡呢？其实，从朱湘致霓君的书信里，我们也可以看出他的温柔，事无巨细，谆谆叮嘱。生活的艰苦和学业的辛苦不是朱湘畏惧的，在他的心中，最怕他心爱的妹妹误会他。有很多封信是解释两个人的误会的，还有生活上的细细叮咛。

朱湘与刘霓君的婚姻，其实是由双方家长指腹为婚的。两个还在肚子里的孩子，就被大人按照自己的意愿绑在了一起，按理是没有感情基础可言的。其实，从懂事起，朱湘便极力想摆脱这场包办婚姻，他骨子里就排斥这个未婚妻。

父亲去世后，在清华上学的朱湘以为自己躲过了这个强加在自己身上的婚姻，然而他万万没想到的是，大哥却继承了父亲的遗愿，继续主导着他的婚姻。一日，大哥前来北京探望他。兄弟两人许久不见，朱湘还没来得及欢喜，却突然发现了站在角落里的刘霓君。

刘霓君大胆地望着朱湘，叙说着她在报纸上读到的朱湘的诗歌，言语中流露出崇拜和爱意，但是朱湘打断了她的话。因为，他是那么地想要摆脱她。

不顾兄长的反对，朱湘甩袖离去，只留下刘霓君在旅馆里独自伤心哭泣。回到学校之后，朱湘越发想要自由的爱情，于是他把摆脱这桩包办婚姻的希望寄托在了赴美留学上。那时的朱湘认为，离家远了，时间长了，等刘霓君等不起的时候，刘家便会自行解约。然而，天不遂人愿，距离留美仅剩半年的时间，清华学堂里贴出了开除朱湘的布告。原因在于他抵制学校早点名制度多达27次，鼎鼎大名的才子受到这一处分，也是当时轰动一时的新闻。

后来，有同窗好友试图为他说情，但朱湘自己拒绝了。他说："清华的生活是非人的。人生是奋斗的，而清华只钻分数；人生是变换的，而清华只有单调；人生是热辣辣的，而清华只有隔靴搔痒。至于清华中最高尚的生活，都逃不脱一个假，矫揉！"于是，在1923年冬日的寒风中，他离开了清华园，离开了北京，只身来到上海，开始将大部分精力倾注在新诗的创作上。

刚到上海不久，朱湘便从大哥的口中得知刘霓君也来到了上海。大哥告诉朱湘，不久前，刘霓君的父亲去世了，其兄长独自霸占了父亲的遗产，无家可归的刘霓君只能一个人跑到上海来找工作，希望自己能养活自己。在那个年代，一个弱女子只身来到大城市寻找工作是颇需勇气的，这个信息也激发了朱湘的同情心。他觉得不管婚事成与否，于情于理，他都应该去看望一下刘霓君。

1923年冬日的一天，在外滩一大片西式建筑群的映衬下，整个浦东显得破旧衰败。朱湘穿过由几间旧房构成的厂区，来到了离厂房不远的一排工棚区，这是纱厂的洗衣房。当他看见刘霓君的时候，刘霓君正在这个洗衣房洗衣。低矮的厂房，还有各种气体冒出来，这不应该是一个年轻女子应该待的地方，他的心里竟然微微地为她心疼。

两人见面，却相对无语，最后还是刘霓君打破了长久的沉默。自从那次朱湘丢下她之后，她就明白朱湘并不接受自己，于是她冷淡地对朱湘说了声："谢谢你来看我。"但朱湘却一个劲地摇头，她只好缓缓地转过身去，低着头走回了洗衣房，消失在白腾腾的雾气里。

看着那个瘦弱而坚毅的背影，这一刻，朱湘的心理开始发生变化。对于这桩包办婚姻，他开始动摇了，他的心被这个女子打动了。

黄浦江的江水依旧在寒风中静静地流淌，而朱湘的内心却是奔腾不息的爱情暖流。他向刘霓君表示，愿意接受这份由旧式婚姻演变而来的爱情，然后快步拉着她离开了纱厂宿舍，并决定与对方结婚。

从厌恶到同情，从同情到相爱，朱湘的情感世界发生了彻底的逆转，以至于爱到至深。然而，这场戏剧式的婚姻在若干年之后，因为生活的贫困而遭遇到了巨大的挫折。

结婚后，朱湘进入了诗歌创作的高峰期，创作了《答梦》、《情感》、《雌夜啼》等大量诗歌，不久后又出版了诗集《草莽集》，并与闻一多、徐志摩等人一起在《晨报副刊》上创办《诗镌》，并发表诗歌，成为新月派诗歌的代表人物之一。第二年，他留学美国，但因为无法忍受外国人对自己的歧视，频频转学，先后在威斯康辛州劳伦斯大学、芝加哥大学和俄亥俄大学学习英国文学等课程。

在这期间，朱湘给妻子刘霓君写了100多封情意绵绵的书信，寄托自己的异国相思之苦。留学生活进入第三年后，因为经济拮据，他未能完成学业，在1929年8月回国，回国后担任安徽大学英国文学系主任，但不久后因为学校经费的问题被迫辞职。这时候，朱湘与刘霓君生下了两人的第三个孩子，取名再沅。由于失业，一家人的生活陷入了困境。

因为小儿子的夭折，刘霓君开始怨恨丈夫的无能，夫妻关系逐渐恶化。之后朱湘开始辗转漂泊于北平、上海、长沙等地，由于性情孤傲，得罪了不少人，谋职四处碰壁，只能依靠写诗卖文为生，可最后，连诗稿的发表都越来越困难。到了1933年的冬天，朱湘穷困到只剩一堆书籍和自己亲手写下的诗稿。

刘霓君见朱湘整日守着诗稿无事可做，便托朋友帮他找了一份工厂里的临时工作，但遭到了朱湘的拒绝。只会写诗作文的朱湘因为把诗歌看得与生命一样重要，因而与曾经患难与共的妻子之间矛盾越来越深。离开人世的前一晚，他用口袋中仅有的一些钱，拿出一部分买了去南京的船票和一瓶酒，剩下的买了一包刘霓君平日里最爱吃的饴糖。

江上的雾气已经消散，但寒风依旧，面对滚滚东逝的长江，朱湘纵身跃过船舷，淹没在冰冷刺骨的江水之中。这一年，他29岁。

在朱湘的诗歌中，有一首名为《葬我》，其中这样写道：

葬我在马缨花下，永做芬芳的梦——
葬我在泰山之巅，风声呜咽过孤松——
不然，就烧我成灰，投入泛滥的春江，
与落花一同漂去无人知道的地方。
……

朱湘自杀后，据说其妻刘霓君不久后削发为尼，遁入空门，从此再无音讯。

同学梁实秋说他是个"神经错乱"的人，性格孤傲、偏激、敏感。不过，就他写给妻子的94封书信来看，却是没有半点自负和萧瑟之感。且不说文字的清丽、幽雅，就是这丈夫对妻子的款款深情，足以使人常常潸然泪下了。可以想象如果没有爱情的惠泽，那他真的是灵魂飘散，没了自我。而现实，恰恰印证了"假如"。

我想，对于朱湘来说，没有了爱情，灵魂将无处安放。这颗敏感、脆弱和不成熟的心灵，只好寻找一种方式来永远解脱。

海外寄霓君（一）

霓妹，我的爱妻：

你从般若庵十二月初五写的“第一封”信我收到了。我后天就要搬家，你的信可以寄到憩轩四兄第一次替你打的信封那里。我在芝加哥城里过得好些，身体也好，望你不要记挂。我到今天总共收到你八封信。你信内并不曾提到岳母大人同憩轩四兄的病，想必是都好了。你的奶水不够，务必要请奶妈子。照我如今这般寄钱，是很够请奶妈子的，千万不要省这几块钱。小东身体已经不好，如若小时不吃够奶，一定要短命，那时我决定不依你，小沅你是不用我说就会当心的，所以我也不多讲。罗先生倒是很帮忙，不过那取衣的钱一定要还他。不知你已还给他了没有。千万记得还他。你很可以多寄些鱼肉给他，不过千万告诉他不要叫厨房做，怕的好鱼好肉给厨房赚下去了。你还告诉他，我从前在清华同他，同彭光钦先生，还同些别的同学，一同吃罗胖子先生从湘潭寄的鱼肉。我当时曾经答应了由家中寄些鱼肉给他们再吃一次，你可以多寄些，由他替我请他们吧。我这里只好等今年冬大再看寄不寄吧。如今已是春天，你寄时路上怕会坏了，不值得。并且东西寄到美国后，要抽我很重的税，那时东西不曾吃到，倒要赔钱，那才不上算呢。不过夏天罗先生来美国的时候，他到上海以后，我可以托他在泰丰买些罐头带给我。如若上海没有菌子罐头，你可以寄三四个罐头菌子到上海交他带给我，不能再多。再多他就带不了，并且太多时怕人查出来。那要罚很多的钱。我新近译好了一本外国诗，寄到上海，可以先拿四五十块现钱。我叫他们直接寄到般若庵八号朱小沅。

大概阳历三月底你可以收到。我这几个月因为搬了两次家，省而又省，只省得二十块美金来，阳历三月初寄给你，阳历四月半你可以收到。连着稿费也有九十块中国钱了。以后希望每月能省十五块美金寄给你，我这样省，恐怕书都买不了什么。我来美国许久，电影同戏一次也不曾看过。等一年之后，你进了学堂，我或者可以多买些书，偶尔添点衣裳。像现今这样，是决定不成的。不过这我一点也不埋怨。我书尽有的看，因为芝加哥大学的图书馆极大，要看什么书，就有什么书。我的霓妹妹替我带着一男一女，我每月至少总要有中国钱三十块寄给她，才放心。

大沅

二月六日第一封

芝加哥是美国第二个大城，生活程度极高，我从前已经告诉过你了。我来这里，因为最近，车费自己出的，还出得起，并且芝加哥大学极好。

海外寄霓君（二）

霓君，我的爱妻：

从此以后，我决定自己做饭。每月可以寄二十块美金给你。我自己还可以买点书，我问了他们内行的人知道腌鱼腊肉这面都可以买得到。不过这人不十分可靠，详细情形我以后告诉你。我想这个消息你听了一定很喜欢。一年半载之后，你进了学堂，很可以在这里面省出一笔钱来。现在已经春天，我的衣服没有，美国人又是富，我们中国人到这面来，至少不要穿得像叫化子。并且我那本书寄去上海，可以拿四五十块中国钱，我叫了他们给你寄去，可以支持些时候，所以我不得已，做了春天两套衣裳。阳历四月初一我准寄美金卅块回家。你阳历五月半可以收到。从阳历五月起，每月决定能余廿块，可以两个月寄一回。在美国照相，听说贵得不得了；照六张六寸的，要廿块美金。所以现在是照不起。无论如何，在美国总要照一次作纪念的。早迟那就不敢讲了。鱼肉你现在不必寄。还有罐头之类东西，美国并不贵，也不必托罗先生带了。绣花抽税太高，并且销得不多，也算了吧。我如今读书很快活，并且除去寄钱给你以外，我自己每月还能买些自己要看想买的书，这也叫我高兴。我如今立了一个志向，要把全世界上许多国家的诗都拿来读。这面芝加哥大学的图书馆很大，我要看的这种书大半都有，你想我是多么快活。大前天本是礼拜，我照例应该写信给你的，因为看书有趣，看忘记掉了。我今天虽然看着一本好书（荷兰国的诗），不过我信没写，实在不放心。所以把书放下，赶快写信，省得你记挂。芝加哥这面常常阴天，不像北京，很像南京。长沙我虽然离了好久，我想也是这样。写完这信，晚上做梦，梦到我凫水，落到水里去了；你跳进水里把我救了出来：当时我感激你，爱你的意思，真是说也说不出来，我当时哭醒了，醒来以后，我想起你从前到现在一片对我的真情，心里真是一股说不出的味道。

沅达达

二月十六日第二封

海外寄霓君（五）

我爱的霓妹：

昨晚做了一个梦，梦到你，哭醒了。醒过来之后，大哭了一场。不过不能高声痛快地哭一场，只能抽抽噎噎的，让眼泪直流到枕衣上，鼻涕梗在鼻孔里面。今天是礼拜，我看书看得眼睛都痛了，半是因为昨夜哭过的原故，今天有太阳，这在芝加哥算是好天气了。天上虽然没有云，不过薄薄的好像蒙上了一层灰，看来凄惨得很。正对着我的这间房（在二层楼上）从窗子中间，看见一所灰色的房子，这是学校的，一点声音也听不见，好像死人一般。房子前面是一块空地基，上面乱堆着些陈旧的木板。我看着这所房，这片地，心里说不出的恨他们。我如今简直像住在监牢里面，没有一个人说一句知心的话，有时看见一双父母带着子女从窗下路上走过去：这是礼拜日，父亲母亲工厂内都放了工，所以他们带了儿子女儿出门散步。我看见他们，真是说不出的羡慕。我如今说起来很好听，是一个留学生，可是想像工人一样享一点家庭的福都不能够，这是多么可怜又多么可恨。我写到这里，就忽地想起你当时又黄又瘦的面貌来，眼眶里又酸了一下。只要在中国活得了命，我又何至于抛了妻子儿女来外国受这种活牢的罪呢。霓君，我的好妹妹，我从前的脾气实在不好，我知道有许多次是我得罪了你，你千忍万忍忍不住了，才同我吵闹的。不过我的情形你应该也明白。我实在是在外面受了许多的气，并且那时一屁股的欠债，又要筹款出洋，我实在是不知怎样办法是好。我想你总可以饶恕我吧？这次回家之后，我想一定可以过得十分美满，比从前更好。写这行的时候，听到一个摇篮里的小孩在门外面哭，这是同居的一家新添的孩子，我不知何故，听到他的哭声，心中恨他，恨他不是小沅小东，让我听了。我又想到你的温柔，你对我的千情万意，分开了，不能见面，不能立刻见面，说一句知心话，彼此温存一下，像从前在京城旅馆内初见面时那样温存一下。你还记得当时你是怎样吗？我靠在你身旁坐下，你身上面的一股热气直扑到我的脸上。（我想我当时的热气也一定扑到了你的脸上）我当时心里说不出的痒痒。后来我要摸你的手，我偷偷地摸到握住，你羞怯怯的好像新娘子一样，我当时真是说不出的快活。天哪，天哪，但望两三年后，夫妻都好，再能尝尝那种爱情的美味吧。

沅

二月四日第五封

海外寄霓君（十）

霓君亲爱：

我总有两个礼拜不曾接到你的信。你在长沙亲戚朋友很多，又有小沅小东愁闷之时，可以稍为好些。我呢？就是一个人孤住外国，举目无亲，就是靠着看看家里寄来的信解一点闷。你为什么两礼拜没信给我呢？下回再这样，我也要半个月才写信。前晚不曾睡够，昨夜九点钟就上床了，到半夜时，是一两点钟的光景。楼下一对夫妻带着儿子闹了起来，又笑又唱，再不肯停，把我从梦中吵醒了。后来一想，今天是四月一号，外国的“傻子节”，在今天无论怎样地开玩笑，是不兴生气的。到了五点钟左右，幸亏外头一阵狗叫，他们觉得这好像很不雅，赶紧一声不响了。那匹狗不知是哪家的，我要是知道，真想向它磕两个头。今天接到你阳历三月二日的信，要我寄相片，我何尝不想寄呢？但是如今哪有钱照相？要是我少寄钱给你去照相，那也不成。我如今实在过得最省俭不过，叫我哪有钱去照相呢？美国照相贵得不得了，我以前信里同你说过。我说阳历七月内一定照相给你，离如今不过三个多月，想必你总可以等等罢。我阳历五月要寄钱给你，六月要寄钱给罗先生。因为他来信说穷得很，我在清华欠了些账你也知道是由罗先生代为管理的。这钱不能再不寄去了，总要七月才能照相。霓妹妹我的亲达达，这你总该能原谅我了罢？我又不是不照相，只是不得已，要迟些时候罢了。你说的话实在过重，叫我受不起，我不知道多么难受。但望将来早点回家，把这片心剖给你看罢。我听说你搬来搬去，实在是心中十分难过，我知道你受了很多的苦，很多的气，只好回家之后，一总由我向你赔罪好了。你一切都好，我是很知道的，也很放心，我就是恨自己不能回家，替你分担些忧，要累你带小沅小东。这一次不是由亚坡屯到芝加哥，自己出了车钱路费；要是出洋以前，衣服做够了，我又何至于好久不能寄钱给你呢？诚然不错，我寄了一本书去上海，叫他们寄钱给你，但是我心内总难受得很。因为我想越寄得多给你，我心中越快活。诚然我下月起就能每月寄中国钱四十块给你（六月要寄罗先生，除外），但是我一天不能寄钱给你，我就一天不快活。在外国我真是省俭得不得了。别人每月用得不够，向家里要的都有，不然就是用得紧够；我每月能寄得这笔钱给你，实在是省之又省。唉，你哪知道，我多天做梦回家，从梦中哭醒了啊。我如今在美国也不看电影，也不听戏，一天到晚的只是守在房中，你想这是为的谁呢？我真想这几年快点过完了，早些看见你，才快活。我看一看，这几页纸上，字写得东歪西斜，有稀有密，这都是我心中难受，想家太甚，心不在上的道理。你不能每礼拜写信给我，我也很原谅。我是照旧每礼拜有信给你的。信是决不会失落。我写给你的信我都记下来了，是哪天发的，是第几封，我都在书上记得清清楚楚。这是第十封。没有号码以前，我来芝加哥以后曾经寄过四封给你，所以我自阳历一月到现在一共写过十四封给你，另有挂号寄的风景片一包。所以平均起来，我是六天有一封信寄与你。我这是对你多么痴心，你也总该明白。你的信我都一封封的好好藏起，上面写明是第几封，哪天到的，闷时就拿出来看。还有那张同我在北京照的相我嵌在了你绣给我的相框中，你同小沅照的那张相我记得清清楚楚你是什么样子，小沅是什么样子，我想起你那含愁带苦的相，都是为了我，我心中说不出的难受，说不出的爱你敬你。我如今很想做点文章拿到外国杂志上去登出来，这是很难的：因为我们不是外国人，要做外国文，这就吃亏一步。不过成功之时，那是很有名气的。我从前在亚坡屯寄过一本书给你，那就是同学出的一本诗，里面有我译的一首诗，我曾经写明中文的名字给你看。我登出那首诗后，亚坡屯的先生同学都对我另眼看待。译的两首诗，以后说不定还要登些。我总要买来寄给你。再等二十天，我一定要买给你一些好的画片。总之，你就是不能每礼拜写信，我仍然是要每礼拜写信的，我并且要想出许多方法来让你高兴。就像我从前寄那本诗，那本红人的书，那一包画片，那一封有发网的信，都是这个意思。你若是高兴了，我跟着也就快活。你信中说伤心话时，我也就难受好多时候，厉害时我就哭了下来。我如今对你，真是十分痴心，无论何时，或是想事，或是读书，总是记起你来。你的这许多信（十二封），我小心留起，将来带回去等我们并了双肩，从头再看，那时我们好谈现在的情景。妹，你想那是多么有味啊。你说我的信可爱，这我听到是多么高兴呀；因为你看了快活，我跟着也快活了。你说儿女太多，是我害你的；不错呀，让我向我的亲妹妹赔罪罢。小东没奶吃，自然是要吵的，我求你雇一个奶妈罢。小孩子没有奶吃，是不成的，说不定很小就死了，要不然就长不大，那不就是我们把她害死了吗？那时候天也不依，说不定用什么方法来治我们的罪过，或是我们夫妻怎样了，或是小沅怎样了，那时悔之晚矣。霓妹妹，千万千万。

沅

四月二日第十封

海外寄霓君（七十二）

爱妹爱妹：

接十二月廿四来信，我同学堂里教习闹意见，已经不上课了。我想立刻回家，万一清华不让我回家，我就到西边一个学堂里去。十二月我不能寄钱给你，并非别故，是公司里追着付衣裳钱。这件事我本不想讲的，现在与其教你疑心我同女房东不干不净，倒不如讲出为妙。我去年春天做了一套春用衣裳，同一件春天大衣，那笔钱是早已付了。秋天做一套秋用衣裳，穿了不久，也作气味。因做饭原故，上课去让人家擤鼻子，我真不知道多么难过！十月又做一套，同中国人经手人说明先付一套，另外一套以后慢付。哪知道隔了不久，他忽然来说公司里追钱，要我立刻付清；不然公司就会到法庭里去告我。后来果然公司用的律师来信限我一礼拜交钱，不然就到法庭。我只好为顾全名誉，在十二月初寄还二十四块半美金给公司。这种事情我想何必告诉你，教你也难过呢？哪知道你疑心我同女房东勾搭，所以老实讲了。我做衣裳，完全是为中国人顾全面子。我当时同经手人讲好慢慢还，本来打算每月在吃食里省几块钱，分好多个月付清的。哪知被他弄了那样一个花头，闹得十二月不能照常寄钱。这也是天外奇灾，并非我同女房东勾上，被她骗去了钱。我当时教你不要由那家转交，怕的是我要搬走。因为以前搬家，都是事前不曾料定，临时发生了意外之事，我就要搬。那一家我也不敢讲住多久。后来果然十二月初就搬到这里。从前二嫂寄如意珠的相片，并不是由监督处转交，是寄到我第一次住的房子。这房子没有教转。幸亏这房子另住有一个中国人。他把我的信代为收下交给了我。我因此之故，教你不要直接寄到那家，教你还是由监督处转交。就是你这一向一直用的信封，虽然迟两天，却一封也不会掉。你的信我当作宝贝一样看，我怎么肯教它掉了呢！唉，夫妻不相信，两边都吃苦。到馆子里去做菜，我当时也不过那样想多寄钱给你。后来一想，他们本国人做，不要紧；我们中国人做，就失身份。所以我后来写信，也讲过这件事情不成，作罢。难道你不曾收到那封信吗？我照相是不喜欢照相，并且钱一时也难筹。要说我照了相给了别人，不给你，那你可以怪我；我却并不曾这样呀！你为什么要怪我呢？我写信写得勤不勤，你凭良心说一句，我多写一封信，不比照一张像好了。我相貌并没有什么好，我所以不愿意照相。所以从前在北京，不是你霸蛮要去，我是再也不肯照相的。我在北京时候，两人感情还不好吗？拿当时来比如今，可见我并不是对你感情不好。你要明白一层，男人不像女人那样喜欢照相。唉，好罢，好罢，不管怎样，我这个月去照一张像好了，省得我那小妹妹伤心。好像一个小孩子要糖吃要不到，就哭起来。我的老太爷，外国不比中国，八十块美金有八十块美金的用处。不是靠了自己做饭同省俭，哪里还有钱寄家里！我要是在中国有八十块中国钱一个月，至少要寄四十给你，说不定还可以寄五十。从前在北京，你也是埋怨我不寄钱。哪知道，除去住房吃饭归学堂算账以外，每个月只有七块钱的零用。将来回国，只有一个方法，就是不要多生儿女。剩下几个钱专拿来教养小沅小东。与其多生儿女吃苦，反不如少养，教这两个儿女多享点福为妙。唉，小沅小东，你们生得太早，要吃几年苦，只望将来多教你们享一点福罢。妹妹，你这多疑的性情到什么时候才改得掉？你说你是孔明，一猜一个准；我说你是周瑜，只晓得乱疑心。你同我说的话我何至句句都告诉人！有许多话更是只要我两个心上明白，不给旁人知道。可以告诉人的话，好像说小沅乖巧，小东有趣，这些话说给旁人听是不要紧的，其余一切都是夫妻当中的知心话，哪可以说给外人知道。我的信你切不要让朋友看，你寄来各信我半个字也不曾让人看过。将来回国，也只有我们夫妻两个看得。你近来用的信纸很好看，信中言语更是打动我的心坎。妹妹，由这看来。可以知道你是真心到底的爱我，我怎么忍心教你将来落人耻笑？我哪是那样没有良心的人？留学生也分两种。我同你感情很好，我何至于？我要是同你离开，我这一世就不会有一天快活的日子。你说你对我恋恋不舍，我看到这四个字，真是钻心痒。你疑心是太喜欢疑心，有时教我厌烦；不过你又常时说些真心话，又引我快活起来了。我说，霓君你这小冤家，你为什么不改一改，把那一种无意识的疑心完全打倒，那就夫妻之间团团如意了。我回家以后，决定不教很多书。只要一家子够用，能稍为多余一点，预备万一闲时不至于一家子饿，就成了。剩下时间，一部分作文，一部分教小孩子，还有一部分时间用在夫妻之间，我要把我小时候从生下一直到现在，件件事情都告诉你，你也照样告诉我。我们或者在月光下闲游，或者在灯光下谈心，手握着手，心对着心，虽然久已结了婚生了儿女，也像不曾结婚，还是一对情人一样。将来就是夫妻两个头发都白了，也照样。就像一对二十岁的情人，那是多么有趣！只要我们这一对心不老。我们就是年老了，也还是少年。

爱夫、沅哥哥

二月七日第七十二封

人物小传

朱湘，字子沅，中国现代诗人，新月派重要作家。安徽太湖人，生于湖南沅陵。曾就读于清华大学，在校时参加文学研究会，开始新诗创作。1927年留学美国，就读于劳伦斯大学，学习西洋文学。因个性直率、自尊强烈，不能容忍白人教授、同学歧视，后转学至芝加哥大学，又转俄亥俄大学。1930年回国任安徽大学英文文学系主任，1932年因与校方有冲突而辞职，从此他以写作卖文为生。由于他个性孤傲，长期失业，又患上脑充血病，最终在上海往南京的渡轮上投江自杀，死时年仅29岁。

刘霓君，朱湘的妻子。

庐隐·李唯建

诗一首

——庐隐

春去了，春去了！

万紫千红，转瞬成枯槁

只余得阶前芳草。

和几点残英，

飘零满地无人归！

蝶懒蜂慵，

这般烦恼；

问东风：

何事太无情

一年一度催人老

这寒凉的世界虽然风卷黄叶，雨打枯荷，但还不是一团糟糕。只要有爱情的温慰，烹文煮字以疗饥的生涯也不算太苦。

我的世界，从此变了颜色

庐隐本叫黄淑仪，颇为温婉的名字，庐隐是其笔名，取隐去庐山真面目之意。庐隐并不漂亮，个子不高，脸庞又黄又瘦，不是那种甜甜美美。讨人喜欢的类型。但是,她的才华如夏日夜空里的熠熠星辉,遮盖了她的一切不完美，尤其是在她最心爱的男人面前出现时，她这种夺人的光芒达到了极致。

庐隐新寡时已年届三十，丧夫后，她的生活倾向于颓废，常常喝酒喝得大醉，以此麻痹自己伤痛的心。本就其貌不扬，再加上心伤累累，心灰意冷的她不再渴望婚姻与爱情。她曾向“四公子”们表示：“我学静轩，抱独身主义，孤云般自由自在！”其时，当时追求她的男友颇众，只是她一个也不放在眼里，她认为再也没有谁能打开她心里的那扇窗了。

然而，就在此时，一个比她小九岁、相貌英俊的年轻诗人却悄悄地走进了她的世界，他就是李唯建。

彼时，庐隐在北师大附属中学教书，李唯建是清华大学西洋文学系的三年级学生。一次偶然的机会，经北大教授林宰平介绍，在瞿世英家里，他第一次见到了庐隐。初次见面，李唯建因为路途太过遥远而迟到了，当时庐隐对他的迟到是有一点点介意的。但是深入交谈后，两人却是越谈越投机。分别时，庐隐留给他一个地址，于是两人就这样有了交往。

他们相识后，便开始频繁地书信来往。通信时，李唯建自称“异云”，庐隐署名“冷鸥”。浪漫诗人李唯建在了解了庐隐的坎坷经历后，予以极大的同情。他曾自语：“同情心太大太深，便变成为伟大纯洁的爱了。”言语之间毫不掩饰自己的爱意。

然而，在经历了一系列挫折后，庐隐在感情方面比较慎重了，考虑到两人年龄的悬殊和可能引起的外界非议，起初拒绝了他。但李唯建决不放弃，一再劝说她：“我以为你太注意世人的批评。世人的议论只是一种偏见……我们又何必看重他们的浅见呢？”

面对李唯建的执着，庐隐既惊讶又暗喜。这个大男生写诗，爱文学，思想清新，心灵未受世俗尘滓的污染，学业也非常优秀，有着热烈的纯情和想象，与庐隐灵犀相通。她最后下定决心：“让我们是风和云的结合吧。我们永远互相感应、互相融洽，那么，就让世人把我们摒弃，我们也绝对的充实，绝对的无憾。”

于是，一只孤独的“冷鸥”在一片漂泊的“异云”中翱翔穿行起来。

李唯建的出现，如同阳光，照彻了庐隐幽秘阴暗的内心。她仿佛从“重浊肮脏的躯骸中逃逸出来了”，变成了一朵花，一只鸟，一阵清风，一颗明星；她觉得“前面有一盏光明的灯，前面有一杯幸福的美酒，还有许多青葱的茂林满溢着我们生命的露滴”，他终使她“眼前的世界变了颜色”，“宇宙从此绝不再暗淡了”。一度幽怨郁闷的庐隐重又变回了昔日快乐奔放的“孟尝君”。

那个时代的北京，庐隐是当红作家，她的一举一动都备受瞩目。当初她不顾众人反对，公然嫁给有妇之夫郭梦良；如今新寡的她又带着前夫的孩子与一个比自己小九岁的大学生恋爱。这在当时，可谓一件爆炸性的桃色新闻，仿佛一颗巨石投入平静的湖心，激起了千层浪花。

社会舆论的谩骂和嘲笑、亲朋故友的指责和不理解，一时之间铺天盖地席卷而来。一向倔强的庐隐却充耳不闻，奉行“生命是我自己的，我凭我高兴去处理它，谁管得着”的心态，坦然以对。庐隐的朋友——著名作家苏雪林为其辩护：“不应当拿平凡的尺，衡量一个不平凡的文学家。”

事实确是如此，庐隐不是凡人，她有禅心，有慧悟，有真诚。但即使不是凡人的庐隐也是逃不过爱情，也唯有爱情，能够使人死灰复燃。关于恋爱，庐隐说过：“我自然不会主张恋爱要以金钱地位年貌为条件，可是也不相信是绝对无条件的。”她的条件是什么？是精神！她自己对待爱情便是这样的。“在我的生命中，我是第一次看见这样锐利的人物，而我呢，满灵魂的阴翳，都被他的灵光，一扫而空……”这是她从李唯建那里得到的精神财富，也是他们相爱的基础。她说：“从前我是决意把自己变成一股静波一直向死的渊里流去。而现在我觉得这是太愚笨的勾当。这一池死水，我要把它变活，兴风作浪。”

庐隐认为，这寒凉的世界虽然风卷黄叶，雨打枯荷，但还不是一团糟糕。只要有爱情的温慰，烹文煮字以疗饥的生涯也不算太苦。1930年庐隐不顾世俗偏见，与李唯建结婚。

1931年2月，庐隐和李唯建去日本度蜜月。临行前，她将二人的通信集《云鸥情书集》交由天津《益世报》连载，仿佛爱情长跑，引得世人瞩目。一年后，上海国光社即出版了这本充满狂热情话的书信集，字字句句情真意切，令无数恋爱中人痴迷神往。作家王礼锡在“序”中指出：“这一束情书，就是在挣扎中的创伤的光荣的血染成的，它代表了这一个时代的青年男女们的情感，同时充分暴露了这新时代的矛盾。”

婚后，他们一度在东京居住，研究文学，《东京小品》便是她旅居日本所写的小品文，充满简单的幸福。1931年回国后，他们到杭州，寄居在山清水秀的西子湖畔。1931年夏天，他们离开杭州到上海，李唯建受聘于中华书局，做外文编辑。庐隐则重执教鞭，担任上海法租界工部局女子中学国文教师。

日子如歌，快乐是音符。庐隐与李唯建婚后的四年，无疑是她一生最快乐、最幸福的四年。这四年里，由于受到爱情的滋润和激发，她的文学创作大面积丰收，单是1931-1932年这短短两年间，她就创作了两部长篇小说《象牙戒指》和《火焰》，还有《飘泊的女儿》等二十余篇短篇小说，此外还有许多散文、随笔。庐隐在三十三四岁时，已是当时文坛上名气很大的女作家，照此势头，照此创造力，一路往前冲，她的成就未可限量。

可是，这花做的年华还是遭天妒了，正当庐隐风华正茂、事业如日中天的时候，她的生命在1934年因为难产而猝然熄灭了，走向了永久沉默的深渊。

庐隐逝世的死亡完全是由于庸医所误，但她对此并无怨恨之心、责备之言。当她生命垂危之际，李唯建悲愤交加，曾写一状子，要去控告医生，但庐隐劝阻了他："算了，不要去告了，人已死了，告他又有什么用呢。"此话一出，李唯建的眼泪就下来了，是不舍，是心痛，是无奈，是回天无力。36岁的庐隐是带着遗憾与自己眷恋的世界作别的，她的遗体后来被安葬在上海公墓，棺内陪葬的是她的毕生心血——已出版的所有作品。

庐隐逝世周年，李唯建写《忆庐隐》追怀，70岁时又作自传体长诗《吟怀篇》回忆与庐隐的恋爱、生活的往事。

"冷鸥空留逐波影，异云徒伤变幻性"煞是温婉动人。冷鸥衔走了异云。庐隐这朵文坛上闪耀的流星陨落了，诗人李唯建也自此在文坛上消失了。

1981年，11月，李唯建在成都逝世，自此为他们的爱情画上了句号！

致李唯建（一）

异云：

我本是抱定决心在人间扮演，不论悲欢离合甜酸苦辛的味儿，我都想尝，人说这世界太复杂了，然而我嫌它太单调，我愿用我全生命的力去创造一个福音博和的世界；我愿意我是为了这个愿望而牺牲的人，我愿意我永远是一出悲剧的主人；我愿我是一首又哀婉绮丽的诗歌；总之，我不愿平凡！——纵使平凡能获得女王的花冠，我亦将弃之如遗。啊异云，你不必替我找幸福，不用说幸福是不容易找到，我也不见得会收受。你要知道，有了绝大的不幸，才有冷鸥，冷鸥便是一切不幸的根蒂。唉，异云，我怨吗？我恨吗？不，不，绝不，我早知道我的生是为呕吐心血而生的。我是点缀没有生气的世界而来的，因之荆棘越多，我的血越鲜红，我的智慧也越高深。

我怀疑做人——尤其怀疑做幸福的人：什么夫荣妻贵？子孙满堂？他们的灵魂便被这一切的幸福遮蔽了，哪里有光芒？哪里有智慧？到世界上走一趟，结果没有懂得世界是什么样？自己是什么东西？啊，那不是太滑稽得可怜了吗？异云，我真不愿意是这一类的人！在我生活的前半段几乎已经陷到这种可悲的深渊里了，幸亏坎坷的命运将我救起，我现在既然已经认识我自己了，我又哪敢不把自己捉住，让他悄悄地溜了呢？

世俗上的人都以为我是为了坎坷的命运而悲叹而流泪，哪里晓得我仅仅是为了自己的孤独——灵魂的孤独而太息而伤心呢？

可是人到底是大蠢了：为什么一定要求人了解呢？孤独岂不更隽永有

味吗？我近来很觉悟此后或者能够做到不须人了解而处之泰然的地步，啊异云，那时便是我得救的时候了。

我的心波太不平静忽然高掀如钱塘潮水，有时平静如寒潭静流；所以我有时是迷醉的，有时是解脱的，这种梦幻不定的心，要想在人间求寄托，不是太难了吗？——啊，我从此将如长空孤雁永不停住于人间的橱上求栖止，人间自然可以遗弃我的，我呢，也应当学着遗弃人间。

异云，我有些狂了，我也不知说什么疯话，请原谅我吧！

昨天你对我说暑假后到广东去，很好！只要你觉得去与你是有兴趣的，你就去吧；我现在最羡慕人有奔波的勇气，我呢，说来，可怜便连这一点兴趣都没有！——我的心也许一天要跑十万八千里，然而我的身体是一块朽了的木头，不能挪动，一挪动，好像立刻要瓦解冰消，每天支持在车尘蹄迹之下奔驰，已经够受，哪里还受得起惊涛骇浪的掀腾？哪里还过得起戴月披星的生活？啊异云，我本是秋风里的一片落叶，太脆弱了！

异云，我写到这里，不期然把你昨天给我的信看了一遍，不知哪里来的一股酸味直冲上来，我的眼泪满了眼眶，——然而我咽下去那咸的涩的眼泪——我是咽下去了哟！

唉！这世界什么是值得惊奇的？什么是值得赞美的？我怀疑！——唉！

一切都是让我怀疑！

但是异云，请你不必为我悲伤。这种不可捉摸的心波，也许一两天又会平静，一样的酬应于大庭广众之中，欢歌狂吟，依然是浪漫的冷鸥。至于心伤，那又何必管它呢？或者还有人为了我的疯笑而忌妒我的无忧无虑呢？啊，无穷的人生，如此而已，哓哓不休，又有什么意思？算了吧，就此打住。

冷鸥书

致李唯建（二）

亲爱的——

你瞧！这叫人怎么能忍受？灵魂生着病，环境又是如是的狼狈，风雨从纱窗里一阵阵打进来，屋顶上也滴着水。我蜷伏着，颤抖着，恰像一只羽毛尽湿的小鸟，我不能飞，只有失神地等候——等待着那不可知的命运之神。

我正像一个落水的难人，四面汹涌的海浪将我紧紧包围，我的眼发花，我的耳发聋，我的心发跳，正在这种危急的时候，海面上忽然飘来一张菩提叶，那上面坐着的正是你，轻轻地悄悄地来到我的面前，温柔地说道："可怜的灵魂，来吧！我载你到另一个世界。"我惊喜地抬起头来，然而当我认清楚是你时，我怕，我发颤，我不敢就爬上去。我知道我两肩所负荷的苦难太重了，你如何载得起？倘若不幸，连你也带累得沦陷于这无边的苦海，我又何忍？而且我很明白命运之神对于我是多么严重，它岂肯轻易地让我逃遁？因此我只有低头让一个一个白银似的浪花头我身上踏过。唉，我的爱——你真是何必！世界并不少我这样狼狈的歌者，世界并不稀罕我这残废的战士，你为什么一定要把我救起，而且你还紧紧地将我搂在怀里，使我听见奇秘的弦歌，使我开始对生命注意！

呵，多谢你，安慰我以美丽的笑靥，爱抚我以柔媚的心光，但是我求你不要再对我遮饰，你正在喘息，你正在挣扎——而你还是那样从容地唱着摇篮曲，叫我安睡。可怜！我哪能不感激你，我哪能不因感激你而怨恨我自己？唉！我为什么这样渺小？这样自私？这样卑鄙？拿爱的桂冠把你套住，使你吃尽苦头？——明明是砒霜而加以多量的糖，使你尝到一阵苦一阵甜，最后你将受不了荼毒而至于沦亡。

唉，亲爱的，你正在为我柔歌时，我已忍心悄悄地逃了，从你温柔的怀里逃了，甘心为冷硬的狂浪所淹没。我昏昏沉沉在浑流里飘泊，我的心发出忏悔的痛哭，然而同时我听见你招魂的哀歌。

爱人，世界上正缺乏真情的歌唱。人与人之间隔着万重的铜山，因之我虔诚地祈求你尽你的能力去唱，唱出最美丽最温柔的歌调，给人群一些新奇的同感。

我在苦海波心不知飘泊几何岁月，后来我飘到一个孤岛上，那里堆满了贝壳和沙砾，我听着我的生命在沙底呻吟，我看着撒旦站在黑云上狞笑。啊，我为我的末路悲悼，我不由得跪下向神明祈祷，我说："主啊，告诉我，谁藏着玫瑰的春露？谁采撷了智慧之果？……一切一切，我所需要的，你都告诉我！你知道我为追求这些受尽人间的坎坷！……现在我将要回到你的神座下，你可怜我，快些告诉我吧！"

我低着头，闭着眼，虔诚地等候回答，谁想到你又是那样轻轻的悄悄地来了！你热烈地抱住我说："不要怕，我的爱！……我为追求你，曾跋涉过海底的宫阙，我为追求你，曾跑遍山岳；谁知那里一切都是陌生，一切都是飘渺，哪有你美丽的倩影？哪有你熟习的声音？于是我夜夜唱着招魂的哀歌，希冀你的回应；最后我是来到这孤岛边，我是找到了你！呵，我的爱，从此我再也不能与你分离！"

啊，天！——这时我的口发渴，我的肚子饥饿，我的两臂空虚——当你将我引到浅草平铺的海滨——我没有固执，我没有避忌，我忘记命运的残苛；我喝你唇上的露珠，我吃你智慧之果，我拥抱你温软的玉躯。那时你教给我以世界的美丽，你指点我以生命的奥义，唉，我还有什么不满足？然而，吾爱，你不要惊奇，我要死——死在你充满灵光漾溢情爱的怀里，如此，我才可以伟大，如此我才能不朽！

我的救主，我的爱，你赐予我的如是深厚，而你反谦和地说我给你的太多太够！然而我相信这绝不是虚伪，绝不是世人所惯用的技巧，这是伟大的爱所发扬出来的彩霓！美丽而协和，这是人类世界所稀有的奇迹！

今后人世莫非将有更美丽的歌唱，将有更神秘的微笑吗？我爱，这就是你的力量啊！

前此撒旦的狞笑时常在我心中徘徊，我的灵魂永远是非常狼狈——有时我似跳出尘寰，世界上的法则都从我手里撕碎，我游心于苍冥，我与神祇接近。然而有时我又陷在命运的网里，不能挣扎，不能反抗，这种不安定的心情像忽聚忽散的云影。吾爱，这样多变幻的灵魂，多么苦恼，我须要一种神怪的力将我维系，然而这事真是不容易。我曾多方面地试验过：我皈依过宗教，我服膺过名利，我膜拜过爱情，而这一切都太拘执太浅薄了，不能和我多变的心神感应，不能满足我饥渴的灵魂，使我常感到不调协，使我常感到孤寂，但是自碰见你，我的世界变了颜色——我了解不朽，我清楚神秘。

亲爱的，让我们似风和云的结合吧。我们永远互相感应，互相融洽，那末，就让世人把我们摒弃，我们也绝对的充实，绝对的无憾。

亲爱的，你知道我是怎样怪癖，在人间我希冀承受每一个人的温情，同时又最怕人们和我亲近。我不需要形式固定的任何东西，我所需要的是适应我幽秘心弦的音浪。我哭，不一定是伤心；我笑，不一定是快乐；这一切外形的表现不能象征我心弦的颤动；有时我的眼泪和我的笑声是一同来的；这种心波，前此只有我自己知道，我自己感着，现在你是将我整个的看透了。你说：

“我握着你的手，

我听你的心音；

忽然轻忽然沉，

忽然热忽然冷，

有时动有时静，

我知道你最晰清。”

呵！这是何等深刻之言。从此我不敢藐视人群，从此我不敢玩弄一切，因为你已经照彻我的幽秘，我不再倔强，在你面前我将服贴柔顺如一只羔羊。呵，爱的神，你诚然是绝高的智慧，我愿永远生息于你的光辉之下，我也再不彷徨于歧路，我也再不望着前途流泪，一切一切你都给了我，新奇的觉醒——我的爱，我的神……

你的冷鸥

致庐隐

鸥：

你仍然舍了我，让我一人孤单惨淡地在灰色的路上跋涉，咳！你未免太残忍了吧，我没有别的法子，只好叫你——鸥姐！鸥姐！——起初叫的声音有点高且大，后来低微下去，以致不可听见，那时你的整个充盈了我的血液，我更默默地受着，受着你的一切。鸥呵！你是我的宗教，我信仰你，崇拜你，你是我的寄托，我一个无人照顾的天真的小孩，如今飞也似的伏进你的胸中，你柔软的胸中，我愿在那儿永久长息。鸥！我爱你，我信你，让这两句为我最后在世上所能吐出的话。但是我确安息在你的里面，你呢，也不必客气，更无须胆怯，来，来，你也来，来到我的深处，我对你最最温柔，最最忠实，你如果不信，未免太愚了吧！世界上最真的是感情，人说感情最多变化，但真的感情是与天地——啊！不是！与永久同永久的。冷鸥，我在这里叫你，轻柔地叫你，冷鸥！你来！你来！你来！……你既然久受创伤，既然真是可怜，我就不当再使你受伤，非特如是，更应消灭你身上的伤痕，鸥，你来！我这里有止痛药，我一生都当你的看护，服从的驯静的如形影之不相离，常常跟着你，伴着你，我对你这样，就等于对我自己这样，这纯粹发自彼此的同情心，这才是我俩爱情的根基，一切都消灭时，这个永不消灭。

你的相片现在对着我，我看见你有两个感想，一个是你的可怜，一个是你的伟大。让我来解释一下，你的可怜全在你的神情，我每每想人类为什么不能得着和平，就是彼此的心不能相通。鸥，我俩的心，如今可以并且胆大地说是相通了，莫非将来新世界的呼声就在我俩同情心的跳动声中？其次，是你的伟大，我每凝视你的相片，我觉得我的一切都在努力向上面爬，情愿向上爬，这是你的伟大，无可讳言的。

你——时间、空间，听着，仔细听我的言辞，我的疯话，我对冷鸥的热情，这是宇宙的真理，人生大道，这是谁之功呢？这不得不归于我最心爱的鸥姐，你的时间、空间，一切一切我以后吐的诗句是冷鸥教我的，不过借我的口吐出来罢了。唉！我到底是什么？我来自何方，我将往何方？呀！我悲伤，这些我都不明白，啊！鸥姐！你告诉我罢，我的宗教！你提我——提我与天上的神灵结合，我如何不感谢你，我特用“我”来谢你，但这个“我”亦是你给我的，我将用什么来谢你，我只好不谢你，但我又不能不谢你，这个并不彻底，啊，我不说了！……

你——山水，平原，森林，沙漠，跪下祈祷崇拜，随着我的模样方法，来信仰这么一个言语以外的神明，一切问题都解决了，宇宙都充满了和谐。鸥，我不学那些假信仰者，崇拜假偶像，我对你不必须礼仪来使我俩的亲近分离。我要抱你，吻你，一直到我死，呀！有时你不在了——哪去了？你秘密地来到我地深处，那时我是如何惊喜啊！啊鸥！我要吃你一口，把你吞下去，你当心呢！我的灵魂渴需着你，奈何？

冷鸥，我离不了你，我甘心这样，我如今死也是个美丽的死，我的生自然是美丽的生，天呀！我所觉得的，是真的吗？真！你是真的吗？鸥，真！

我的两眼有些发花，我的耳朵发响，我的心跳得快，这都是为你呀！你，你，你，你！——我叫你一声，好不好？冷鸥！

想来你也该知道我是如何的惨伤，当我看见你时，尤其当你含着一腔热情在两眼——多感情多感想——那时我一阵一阵地难受，我得了解你——比别的时候都了解你——我便发誓要帮助你，唉！我是这般渺小，但我只有唯力是视。我想起乐圣贝多芬说的：“做一人可能做的善事。”

鸥，你说我焉得不感到惆怅，悲凄？我，一个撕破的我，这样寒惨，这样褴褛，想来真可怜，而今都要发誓救渡你，但我不得不这样，因为我是个人，天知道，我纵能力薄弱，我也得往上攀，向高处爬，决不堕落，此刻我立愿救你助你。我如果努力去作，不管结果如何，来生定能入那灵的世界，来生我定能摘一个智慧之果，采一朵和谐之花，这样讲起，你岂不是我的救渡者，是无疑！原来世界的伟大的事业，都是两方面的，一个人无论如何孤寂，他的事业，伟大的事业，总不是单独的。

啊，冷鸥，你想我如何能舍了你，舍了你我便孤单，舍了你我便失了生命生活的意义与兴趣！我不能离你一步，不能，不能，你千万放心，我是永久，你怀疑永久吗？我是爱，你反抗爱吗？我是你，你拒绝你吗？如果你对永久怀疑，对爱反抗，对你拒绝，那么，我是别的东西，可以觉而不可以说，你深深觉着便得。

我可说你我如今是通的，我每次看见你，就等于我自己，我从两眼中窥透你的真心，我便深入我自己的心，我们互相感应，我从未想到人类可以这样毫无龃龉的相通。我怀疑我俩前生是一个人，不知被什么鬼魔把那个人截成两半，便成了你与我，今日又相聚会，是谁之力欤？是上帝，是神明，是宇宙的主宰，是神密的影子，啊！是你，同时也是我！以后我不说你我二字，我以“一”代表你我，但你看这封信时，恐感不便，所以我依旧用你与我。

这是什么？一个神影从远山走近我的身边，唉！近了，更近了，我怕，我发抖，这几天我的灵魂脆弱极了，你这神影来，慢慢地来，最后来到我书桌旁，它说：“我没有躯壳我只有灵魂，你看不见我，你只觉着我。”啊！是！我只觉着你，啊！冷鸥！那是你，是你的圣灵，由天边下降，降临在我这斗室的书桌边，啊鸥！希望你永远这样拜访我，你的异云在不得了无可奈何的时候，你就应该来问问他看护他，如果必须时，也不妨吻他；你的异云，可怜他虽则同情你，但他恐怕还比你可怜，你对他应当如何？这些你都很知道，用不着我再多说。你的异云不久便将入地下，希望你当他还在地面上如幻影般在人丛中走动时，稍稍看管他一点，安慰他一点，他呢，自然有相当的爱心对你，哦！吾鸥！我听见你的太息、你的哭声，我的深处也回应着你的一切。

这封信自然不少，但我还想写下去，不过你的异云背有些痛，心有些醉，手有些软，不能再往下写，我便躺在床上，好像躺在你温柔的胸膛下！

希望今夜我俩能于梦中相见！

礼拜天我也许忽然出现于你的身边。

异云

人物小传

庐隐，原名黄淑仪，又名黄英。其笔名庐隐，有隐去庐山真面目的意思。2003年美国哥伦比亚大学出版的《女作家在现代中国》之中，与萧红、苏雪林和石评梅等人并列为18个重要的现代中国女作家之一。

李唯建，四川成都人，诗人，翻译家。庐隐第一个丈夫郭梦良病逝后，1928年3月与李唯建相识，1930年，两人东渡日本结婚。1934年，庐隐难产病死于医院。李唯建遂携女儿回四川按蛰居，1981年11月18日病逝于成都。

徐志摩·陆小曼

偶然

——徐志摩

我是天空里的一片云，
偶尔投影在你的波心——
你不必讶异，
更无须欢喜——
在转瞬间消灭了踪影。

你我相逢在黑夜的海上，
你有你的，我有我的，方向；
你记得也好，
最好你忘掉，
在这交会时互放的光亮！

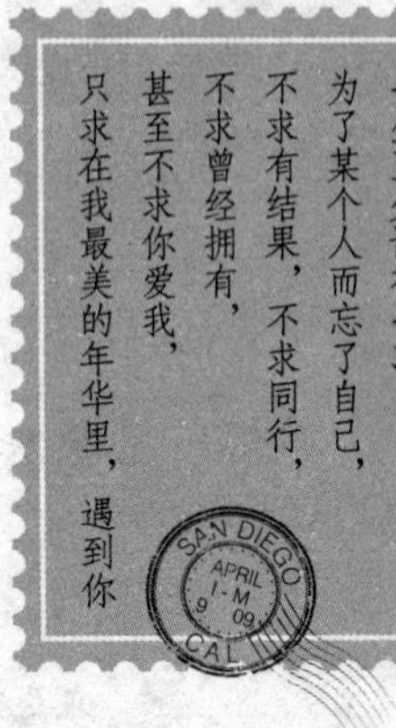

爱是一场无悔的燃烧

她，陆小曼，是民国四大才女之一，是。世纪20年代京城的社交名媛。她被后人记住，不仅是因为她的绝代风华，更是因为她和著名诗人徐志摩那一段浪漫至骨髓里的爱情。

他，徐志摩，是浪漫多情的风流才子，终其一生都在追逐着自己想要的自由和爱情。

正所谓“恨不相逢未嫁时”，她和他相遇之时，她是别人的妻，而他也是别人的夫。一个是窈窕淑女，一个是江南才子，似乎注定有所纠葛。

相遇，相识，他与她一起游长城，逛天桥，到来今雨轩喝茶，去西山上看红叶……爱情的火花就这样在他们之间迸发了。

他们的爱情历经千辛万苦，不为世俗所接受。然而，这两个为爱勇敢的人，却冲破困难重重，毅然而决然地让自己的爱情燃烧到极致，最终步入婚姻殿堂。

1926年10月3日，农历的七月初七，也就是传说中牛郎和织女相会的那一天，他们在北京的北海公园举行了盛大的婚礼。这场婚礼几乎牵动了当时中国文化界的所有大腕，证婚人是梁启超，主持是胡适，参加者虽然不及备载，总之都是在中国近代史上响当当的人物。

1926年10月，新婚后的陆小曼依公公之命随徐志摩离京南下，回到徐的家乡海宁硖石，开始了他们甜蜜的日子。

徐志摩在给张慰慈的信中写道："上海一住就住了一月有余，直到前一星期，咱们俩才正式回家，热闹得很哪。陆小曼简直是重做新娘，比在北京做的花样多得多，单说磕头就不下百次，新房里那闹更不用提。乡下人看新娘子那还了得，呆呆的几十双眼，十个八个钟头都会看过去，看得陆小曼那窘相，你们见了一定好笑死。闹是闹，闹过了可是静，真静，这两天屋子里连掉一个针的声音都听出来了。我父在上海，家里就只妈，每天九点前后起身，整天就管吃，晚上八点就往床上钻，曼直嚷冷，做老爷的有什么法子，除了乖乖地偎着她，直偎到她身上一团火，老爷身上倒结了冰，你说这是乐呀还是苦？咱们的屋倒还过得去，现在就等炉子生上了火就完全了。"

陆小曼则说："我们从此走入了天国，踏进了乐园……一同回到家乡，度了几个月神仙般的生活。"

但是他们回家之后，徐志摩的家庭并没有完全接受陆小曼。不久，徐志摩的父亲徐申如就因为看不惯陆小曼的作派，先行到了上海，没过几天便让徐志摩的母亲到上海与他会合，然后起程去北京找徐志摩的前妻张幼仪。公公的这个决定让陆小曼极其难以接受，这件事也是陆小曼与徐志摩婚后在徐家受到的第一个打击。在这之后不久，陆小曼就得了肺病。很长一段时间后，她的身体才慢慢恢复。

没有了公公婆婆在身边盯着，陆小曼在生活上感觉反倒轻松，她不用再受这样那样的拘束。她和徐志摩在硖石别具一格的庭院里侍弄花草，过着一种"采菊东篱下，悠然见南山"的超然生活。然而，幸福总是短暂的，痛苦却来得很快。

1926年5月，北伐战争开始，时局动乱不堪，随着战事的临近，徐志摩和陆小曼不得不中断了这一段新婚燕尔如世外桃源的生活，被迫移居上海。

在上海，两人开始筑起了新的爱巢，陆小曼如鱼得水，重新开始了她喜爱并擅长的社交生活。社交圈里公认的“南唐北陆”的陆小曼和唐瑛，这时候同时出现在上海的社交界，成为了上海各界津津乐道的谈资。于是，在上海的舞厅戏院这些上流社会公子小姐们经常光顾的场所，由于陆小曼的加入，又增添了一道风景。

徐志摩与陆小曼定居上海后，本想过安静的生活，他一边在大学教书，一边继续诗歌创作，同时也像其他男人一样，希望在衣食上能得到妻子的照料。但是陆小曼每天过午才起床，下午作画、写信、会客，晚上大半是跳舞、打牌、听戏、到戏院里去捧角，甚至是登台作秀。

徐志摩常常婉转地劝告陆小曼，但效果不大。

尽管恋爱的时候彼此都视对方为自己至死不渝的灵魂伴侣，尽管两人各以《爱眉小札》、《眉轩琐记》和《陆小曼日记》等篇闻世，成为社会流传的美谈，但夫妇间却有了越来越多的厌倦和苦恼。

后来，徐志摩的父亲出于对陆小曼极度不满，在经济上与他们夫妇一刀两断。徐志摩不得不同时在光华、东吴、大夏三所大学讲课，课余还赶写诗文，以赚取稿费，即便如此，仍不够陆小曼挥霍。而陆小曼在舞场霓虹里，把时光轻轻送走了。

1929年，徐志摩辞了东吴大学、大夏大学的教职，继续在光华大学执教，1930年秋起又在南京中央大学教书，并兼任中华书局编辑、中英文化基金会委员，上海、南京两地来回跑，以挣家用。

1930年秋，徐志摩应胡适之邀，任北京大学教授，兼北京女子师范大学教授。徐志摩自己北上的同时，极力要求陆小曼也随他北上，幻想着两人到北京去开辟一个新天地。可陆小曼却执意不肯离开上海，徐志摩只得落寞黯然的只身北上。

由于与陆小曼分居两地，徐志摩需要经常上海、北京两地奔波，仅1931年的上半年，徐志摩就在上海、北京两地来回奔波了8次。

1931年11月上旬，陆小曼由于难以维持在上海的排场，连续打电报催促徐志摩南返。11月11日，徐志摩搭乘张学良的专机飞抵南京，于13日回到上海家中。不料，夫妇俩一见面就吵架。据郁达夫回忆："当时陆小曼听不进劝，大发脾气，随手把烟枪往徐志摩脸上掷去。徐志摩连忙躲开，幸未击中，金丝眼镜掉在地上，玻璃碎了。"

这一击，对徐志摩来说是致命的，它不仅击碎了两人之间的情感，也击碎了徐志摩对爱情一直坚持的理想浪漫情结。于是，绝望之下的徐志摩离开了这个他亲手筑起的爱巢。然而，令陆小曼没有想到的是，徐志摩的这一走，再也没有回来。

1931年11月18日，徐志摩乘早车到南京，住在何竞武家。徐志摩本来打算乘张学良的福特式飞机回北京。临行前，张学良通知他因事改期。徐志摩为了赶上林徽因那天晚上在北京协和小礼堂向外宾作的关于中国古代建筑的讲演，于是在19日迫不及待地搭乘了一架邮政机飞往北京。

登机之前，徐志摩给陆小曼发了一封短信，信上说："徐州有大雾，头痛不想走了，准备返沪。"但最终，他还是走了。因大雾影响，飞机于中午12时半在济南党家庄附近不慎撞上了济南开山，飞机爆炸起火，飞机上的两名驾驶员与徐志摩一起遇难。这一年徐志摩36岁。

这一天深夜，南京航空公司主任保君健敲响了上海徐公馆的大门，保君健上门的目的是告诉陆小曼，徐志摩在昨天的一场坠机事故中不幸身亡。当陆小曼得知这个噩耗的时候，她一下昏厥了。醒过来后，陆小曼号啕大哭，直到眼泪哭干。

陆小曼此时究竟悲伤到什么程度，连郁达夫都觉得难以描写，他说："悲哀的最大表示，是自然的目瞪口呆、僵若木鸡的那一种样子，这我在陆小曼夫人当初接到徐志摩凶耗的时候曾经亲眼见到过。其次是抚棺一哭，这我在万国殡仪馆中，当日来吊的许多徐志摩的亲友之间曾经看到过。陆小曼清醒后，便坚持要去山东党家庄接徐志摩的遗体，被朋友们和家里人死命劝住了。最后决定派徐志摩与前妻张幼仪的儿子徐积锴去山东接回。"

郁达夫之妻王映霞也在自己的自传里这样描述当时的情形："下午，我换上素色的旗袍，与郁达夫一起去看望陆小曼。陆小曼穿一身黑色的丧服，头上包了一方黑纱，十分疲劳，万分悲伤地半躺在长沙发上。见到我们，挥挥右手，就算是招呼了。我们也没有什么话好说，在这场合，说什么安慰的话都是徒劳的。沉默，一阵长时间的沉默。陆小曼蓬头散发，大概连脸都没有洗，似乎一下老了好几个年头。"

"悄悄的我走了，正如我悄悄的来；我挥一挥衣袖，不带走一片云彩"。年仅36岁的诗人真悄悄地走了。徐志摩的遗体从济南运回上海后，陆小曼见到了现场唯一的一件遗物——陆小曼亲手所绘的山水长卷，这幅山水长卷现存放在浙江博物馆。

陆小曼看着这张画卷，想到徐志摩的种种好处，泪水涟涟，百感交集。自此，她一直珍藏着这幅画，如同保护自己的生命。徐志摩失事后，陆小曼在书桌前写下"天长地久有时尽，此恨绵绵无绝期"，从此不再出去交际。

陆小曼对徐志摩的思念之情，我们还可以从她在徐志摩死后的几篇文章中看到。在徐志摩死后一个多月，陆小曼写了《哭摩》，这篇文章写得情真意切，悲伤痛苦跃然纸上：

"我深信世界上怕没有可以描写得出我现在心中如何悲痛的一枝笔。不要说我自己这枝轻易也不能动的一枝。可是除此我更无可以泄我满怀伤怨的心的机会了，我希望摩的灵魂也来帮我一帮，苍天给我这一霹雳直打得我满身麻木得连哭都哭不出来，混身只是一阵阵的麻木。几日的昏沉直到今天才醒过来，知道你是真的与我永别了。摩！慢说是你，就怕是苍天也不能知道我现在心中是如何的疼痛，如何的悲伤！从前听人说起‘心痛’我老笑他们虚伪，我想人的心怎么觉得痛，这不过说说好玩而已，谁知道我今天才真的尝着这一阵阵心中绞痛似的味儿了。你知道么？曾记得当初我只要稍有不适即有你声声的在旁慰问，咳，如今我即使是痛死也再没有你来低声下气的慰问了。摩，你是不是真的忍心永远的抛弃我了么？你从前不是说你我最后的呼吸也须要连在一起才不负你我相爱之情么？你为什么不早些告诉我是要飞去呢？直到如今我还是不信你真的是飞了，我还是在这儿天天盼着你回来陪我呢，你快点将未了的事情办一下，来同我一同去到云外优游去吧，你不要一个人在外逍遥，忘记了闺中还有我等着呢！”

陆小曼在徐志摩在世时是不大写东西的，但天天和徐志摩在一起，无形之间便受了他的文学上的熏陶，她的这篇《哭摩》浓丽哀婉，文风直逼徐志摩，可以说对徐志摩是个最好的怀念。

1932年，在海宁硖石召开了徐志摩的追悼会，陆小曼因为公公徐申如的阻止，没能到海宁硖石参加追悼会。她作为亡妻送了一副挽联：

“多少前尘成噩梦，五载哀欢，匆匆永诀，天道复奚论，欲死未能因母老；”

“万千别恨向谁言，一身愁病，渺渺离魂，人间应不久，遗文编就答君心。”

在给徐志摩的悼词中，陆小曼明确表示活下去的原因是“因母老”，而活下去要做的则是“遗文编就答君心”。她怀念志摩，致力于整理出版徐志摩的遗作，用了几十年的时间，其中的苦辣酸甜一言难尽。徐志摩与陆小曼的婚姻是冲破封建束缚的自由结合，其间虽也曾彼此伤害，但也深深相爱。

1933年清明，陆小曼独自一人来到硖石，给徐志摩上坟，这是陆小曼第五次到海宁硖石，也是最后一次。陆小曼没有再到她与徐志摩婚后小住的“香巢”中去，那是徐家的房产，她无福消受，她也不愿再去那一块让她甜蜜而又令她伤心的地方。她站在东山万石窝前，远远地望着那一幢中西合璧的红色砖瓦房子，眼泪忍不住夺眶而出。

1965年4月3日，一代名媛陆小曼在上海华东医院悄然过世，她的灵堂上，只有一副挽联：“推心唯赤诚，人世常留遗惠在；出笔多高致，一生半累烟云中！”概括了她备受争议的一生。

爱眉小札（精选一）

一九二五年三月十日自北京。

龙龙：

我的肝肠寸寸地断了，今晚再不好好地给你一封信，再不把我的心给你看，我就不配爱你，就不配受你的爱。我的小龙呀，这实在是太难受了，我现在不愿别的，只愿我伴着你一同吃苦——你方才心头一阵阵地作痛，我在旁边只是咬紧牙关闭着眼替你熬着。龙呀，让你血液里的讨命鬼来找着我吧，叫我眼看你这样生生地受罪，我什么意念都变了灰了！你吃现鲜鲜的苦是真的，叫我怨谁去？

离别当然是你今晚纵酒的大原因，我先前只怪我自己不留意，害你吃成这样，但转想你的苦，分明不全是酒醉的苦，假如今晚你不喝酒，我到了相当的时刻得硬着头皮对你说再会，那时你就会舒服了吗？再回头受逼迫的时候，就会比醉酒的病苦强吗？咳，你自己说得对，顶好是醉死了完事，不死也得醉，醉了多少可以自由发泄，不比死闷在心窝里好吗？所以我一想到你横竖是吃苦我的心就硬了。我只恨你不该留这许多人一起喝，人一多就糟，要是单是你与我对喝，那时要醉就同醉，要死也死在一起，醉也是一体，死也是一体，要哭让眼泪合成一起，要心跳让你我的胸膛贴紧在一起，这不是在极苦里实现了我们想望的极乐，从醉的大门走进了大解脱的境界，只要我们灵魂合成了一体，这不就满足了我们最高的想望吗？

啊！我的龙，这时候你睡熟了没有？你的呼吸调匀了没有？你的灵魂暂时平安了没有？你知不知道你的爱正含着两眼热泪在这深夜里和你说话，想你，疼你，安慰你，爱你？我好恨呀，这一层的隔膜，真的全是隔膜，这仿佛是你淹在水里挣扎着要命，他们却掷下瓦片石块来算是救渡你，我好恨呀！这酒的力量还不够大，方才我站在旁边我是完全准备了的，我知道我的龙儿的心坎儿只嚷着：“我冷呀，我要他的热胸膛偎着我；我痛呀，我要我的他搂着我；我倦呀，我要在他的手臂内得到我最想望的安息与舒服！”但是实际上我只能在旁边站着看，我稍微一帮助就受人干涉，意思说：“不劳费心，这不关你的事，请你早去休息吧，她不用你管！”

哼，你不用我管！我这难受，你大约也有些觉着吧！

方才你接连叫着，“我不是醉，我只是难受，只是心里苦”，你那话一声声像是钢铁锥子刺着我的心：愤、慨、恨、急，各种情绪就像潮水似的涌上了胸头；那时我就觉得什么都不怕，勇气像天一般的高，只要你一句话出口什么事我都干！为你我抛弃了一切，只是本分为你我，还顾得什么性命与名誉——真的假如你方才说出了一句半句着边际着颜色的话，此刻你我的命运早已变定了方向都难说哩！

你多美呀，我醉后的小龙，你那惨白的颜色与静定的眉目，使我想象起你最后解脱时的形容，使我觉着一种逼迫赞美崇拜的激震，使我觉着一种美满的和谐——龙，我的至爱，将来你永诀尘俗的俄顷，不能没有我在你最近的旁边，你最后的呼吸一定得明白报告这世间你的心是谁的，你的爱是谁的，你的灵魂是谁的！龙呀，你应当知道我是怎样地爱你，你占有我的爱，我的灵，我的肉，我的“整个儿”。永远在我爱的身旁旋转着，永久地缠绕着，真的，龙龙，你已经激动了我的痴情。我说出来你不要怕，我有时真想拉你一同死去，去到绝对的死的寂灭里去实现完全的爱，去到普遍的黑暗里去寻求唯一的光明——咳，今晚要是你有一杯毒药在近旁，此时你我也许早已在极乐世界了。说也怪，我真的不沾恋这形式的生命，我只求一个同伴，有了同伴我就情愿欣欣地瞑目；龙龙，你不是已经答应做我永久的同伴了吗？我再不能放松你，我的心肝，你是我的，你是我这一辈子唯一的成就，你是我的生命，我的诗；你完全是我的，一个个细胞都是我的——你要说半个不字叫天雷打死我完事。

我在十几个钟头内就要走了，丢开你走了，你怨我忍心不是？我也自认我这回不得不硬一硬心肠，你也明白我这回去是我精神的与知识的“散拿吐瑾”。我受益就是你受益，我此去得加倍地用心，你在这时期内也得加倍地奋斗，我信你的勇气这回就是你试验、实证你勇气的机会，我人虽走，我的心不离开你，要知道在我与你的中间有的是无形的精神线，彼此的悲欢喜怒此后是会相通的，你信不信？（身无彩凤双飞翼，心有灵犀一点通。）我再也不必嘱咐，你已经有了努力的方向，我预知你一定成功，你这回冲锋上去，死了也是成功！有我在这里，龙龙，放大胆子，上前去吧，彼此不要辜负了，再会！

摩
三月十日早三时通

爱眉小札（精选二）

一九二五年六月二十五日自巴黎。

我唯一的爱龙，你真得救我了！我这几天的日子也不知怎样过的，一半是痴子，一半是疯子，整天昏昏的，惘惘的，只想着我爱你，你知道吗？早上梦醒来，套上眼镜，衣服也不换就到楼下去看信——照例是失望，那就好比几百斤的石子压上了心去，一阵子悲痛，赶快回头躲进了被窝，抱住了枕头叫着我爱的名字，心头火热的浑身冰冷的，眼泪就冒了出来，这一天的希冀又没了。说不出的难受，恨不得睡着从此不醒，做梦倒可以自由些。龙呀，你好吗？为什么我这心惊肉跳的一息也忘不了你，总觉得有什么事不曾做妥当或是你那里有什么事似的。龙呀，我想死你了，你再不救我，谁来救我？为什么你信寄得这样稀？笔这样懒？我知道你在家忙不过来，家里人烦着你，朋友们烦着你，等得清静的时候你自己也倦了；但是你要知道你那里日子过得容易，我这孤鬼在这里，把一个心悬在那里收不回来，平均一个月盼不到一封信，你说能不能怪我抱怨？龙呀，时候到了，这是我们，你与我，自己顾全自己的时候，再没有工夫去敷衍人了。现在时候到了，你我应当再也不怕得罪人——哼，别说得罪人，到必要时天地都得捣烂他哪！

龙呀，你好吗？为什么我心里老是这怔怔的？我想你亲自给我一个电报，也不曾想着我——倒知道你又做了好几身时式的裙子！你不能忘我，爱，你忘了我，我的天地都昏黑了，你一定骂我不该这样说话，我也知道，但你得原谅我，因为我其实是急慌了。（昨晚写的墨水干了所以停的。）

走后我简直是“行尸走肉”，有时到赛因河边去看水，有时到清凉的墓园里默想。这里的中国人，除了老K都不是我的朋友，偏偏老K整天做工，夜里又得早睡，因此也不易见着他。昨晚去听了一个Opera叫Tristanet Isolde。音乐，唱都好，我听着浑身只发冷劲，第三幕Tristanet快死的时候，Iso从海湾里转出来拼了命来找她的情人，穿一身浅蓝带长袖的罗衫——我只当是我自己的小龙，赶着我不曾脱气的时候，来搂抱我的躯壳与灵魂——那一阵子寒冰刺骨似的冷，我真的变了戏里的Tristanet了！

那本戏是最出名的“情死”剧（Love-Death），Tristanet与Isolde因为不能在这世界上实现爱，他们就死，到死里去实现更绝对的爱，伟大极了，猖狂极了，真是“惊天动地”的概念，“惊心动魄”的音乐。龙，下回你来，我一定伴你专看这戏，现在先寄给你本子，不长，你可以先看一遍。你看懂这戏的意义，你就懂得恋爱最高，最超脱，最神圣的境界；几时我再与你细谈。

龙儿，你究竟认真看了我的信没有？为什么回信还不来？你要是懂得我，信我，那你决不能再让你自己多过一半天糊涂的日子；我并不敢逼迫你做这样，做那样，但如果你我间的恋情是真的，那它一定有力量，有力量打破一切的阻碍，即使得渡过死的海，你我的灵魂也得结合在一起——爱给我们勇，能勇就是成功，要大抛弃才有大收成，大牺牲的决心是进爱境唯一的通道。我们有时候不能因循，不能躲懒，不能姑息，不能纵容“妇人之仁”。现在时候到了，龙呀，我如果往虎穴里走（为你），你能不跟着来吗？

我心思杂乱极了，笔头上也说不清，反正你懂就好了，话本来是多余的。

你决定的日子就是我们理想成功的日子——我等着你的信号，你给看了我给你的信没有？我想从后为是，尤是这最后的几封信，我们当然不能少他的帮忙，但也得谨慎，他们的态度你何不讲给我听听。

照我的预算在三个月内（至多）你应该与我一起在巴黎！

你的心他

六月廿五日

爱眉小札（精选三）

一九二六年二月二日自硖石。

眉爱：

今天该是你我欢喜的日子了，我的亲亲的眉眉！方才已经发电给适之，爸爸也写了信给他。现在我把事情的大致讲一讲：我们的家产差不多已经算分了，我们与大伯一家一半。但为家产都系营业，管理仍需统一。所谓分者即每年进出各归各就是了，来源大都还是共同的。例如酱业，银号、以及别种行业。然后在爸爸名下再作为三份开：老辈（爸妈）自己留开一份，幼仪及欢儿立开一份，我们得一份：这是产业的暂时支配法。

第二是幼仪与欢儿问题。幼仪仍居干女儿名，在未出嫁前担负欢儿教养责任，如终身不嫁，欢的一份家产即归她管；如嫁则仅能划取一份奁资，欢及余产仍归徐家，尔时即与徐家完全脱离关系。嫁资成数多少，请她自定，这得等到上海时再说定。她不住我家，将来她亦自寻职业，或亦不在南方；但偶尔亦可往来，阿欢两边跑。

第三，离婚由张公权设法公布；你们方面亦请设法于最近期内登报声明。

这几条都是消极方面，但都是重要的，我认为可以同意。只要幼仪同意即可算数。关于我们的婚事，爸爸说这时候其实太热，总得等暑后才能去京。我说但我想夏天同你避暑去，不结婚不便。爸说，未婚妻还不一样可以同行？我说但我们，婚都没有订。爸说：“那你这回回去就订好了。”我说那也好，媒人请谁呢？他说当然适之是一个，幼伟来一个也好。我说那爸爸就写个信给适之吧。爸爸说好吧。订婚手续他主张从简，我说这回通伯、叔华是怎样的，他说照办好了。

眉，所以你我的好事，到今天才算磨出了头，我好不快活。今天与昨天心绪大大的不同了。我恨不得立刻回京向你求婚，你说多有趣。闲话少说，上面的情形你说给娘跟爸爸听。我想办法比较的很合理，他们应当可以满意。

但今年夏天的行止怎样呢？爸爸一定去庐山，我想先回京赶速订婚，随后拉了娘一同走京汉下去，也到庐山去住几时。我十分感到暑天上山的必要，与你身体也有关系，你得好好运动娘及早预备！多快活，什么理想都达到了！我还说北京顶好备一所房子，爸说北京危险，也许还有大遭灾的一天。我说那不见得吧！我就说陶太太说起的那所房子，爸似乎有兴趣，他说可以看看去。但这且从缓，好在不急：我们婚后即得回南，京寓布置尽来得及也。我急想回京，但爸还想留住我，你赶快叫适之来电要我赶他动身前去津见面，那爸许放我早走。有事情，再谈吧！

你的欢畅了的摩摩

爱眉小札（精选四）

一九二六年七月十七日自硖石。

小眉芳睐：

昨宿西山，三人谑浪笑傲，别饶风趣。七播首弄姿，竟像煞有介事。海梦呓连篇，不堪不堪！今日更热，屋内升九十三度，坐立不宁，头昏犹未尽去。今晚决赴杭，西湖或有凉风相邀待也。

新屋更须月许方可落成，已决安置冷热水管。楼上下房共二十余间，有浴室二。我等已派定东屋，背连浴室，甚符理想。新屋共安电灯八十六，电料我自去选定，尚不太坏，但系暗线，又已装妥，将来添置不知便否？眉眉爱光，新床左右，尤不可无点缀也。此屋尚费商量，因旧屋前进正挡前门，今想一律拆去，门前五开间，一律作为草地，杂种花木，方可像样。惜我爱卿不在，否则即可相偕着手布置矣，岂不美妙。楼后有屋顶露台，远瞰东西山景，颇亦不恶。不料辗转结果，我父乃为我眉营此香巢；无此固无以寓此娇燕，言念不禁莞尔。我等今夜去杭，后日（十九）乃去天目。看来二十三快车万赶不及，因到沪尚须看好家具陈设，煞费商量也。如此至早须月底到京，与眉聚首虽近，然别来无日不忐忑若失。眉无摩不自得，摩无眉更手足不知所措也。

昨回硖，乃得适之复电，云电码半不能读，嘱重电知。但期已过促，今日计程已在天津，电报又因水患不通，竟无以复电。然去函亦该赶到，但愿冯六处已有接洽，此是父亲意，最好能请到，想六爷自必乐为玉成也。

眉眉，日来香体何似？早起之约尚能做到否？闻北方亦奇热，遥念爱眉独处困守，神驰心塞，如何可言？闻慰慈将来沪，帮丁在君办事，确否？京中友辈已少，慰慈万不能秋前让走；希转致此意，即此默吻眉肌颂儿安好。

摩

七月十七日

爱眉小札（精选五）

一九三一年十月二十九日自北平。

至爱妻眉：

今天是九月十九日，你二十八年前出世的日子，我不在家中，不能与你对饮一杯蜜酒，为你庆祝安康。这几日秋风凄冷，秋月光明，更使游子思念家庭。又因为归思已动，更觉百无聊赖，独自惆怅。遥想闺中，当亦同此情景。今天洵美等来否？也许他们不知道，还是每天似的，只有瑞午一人陪着你吞吐烟霞。

眉爱，你知我是怎样的想念你！你信上什么“恐怕成病”的话，说得闪烁，使我不安。终究你这一月来身体有否见佳？如果我在家你不得休养，我出外你仍不得休养，那不是难了吗？前天和奚若谈起生活，为之相对生愁。但他与我同意，现在只有再试试，你同我来北平住一时，看是如何。你的身体当然宜北不宜南！

爱，你何以如此固执，忍心和我分离两地？上半年来去频频，又遭大故，倒还不觉得如何。这次可不同，如果我现在不回，到年假尚有两个多月。虽然光阴易逝，但我们恩爱夫妻，是否有此分离之必要？眉，你到哪天才肯听从我的主张？我一人在此，处处觉得不合式；你又不肯来，我又为责任所羁，这真是难死人也！百里那里，我未回信，因为等少蝶来信，再作计较。竞武如果虚张声势，结果反使我们原有交易不得着落，他们两造，都无所谓；我这千载难逢的一次外快又遭打击，这我可不能甘休！竞武现在何处，你得把这情形老实告诉他才是。

你送兴业五百元是哪一天？请即告我。因为我二十以前共送六百元付账，银行二十三来信，尚欠四百元，连本月房租共欠五百有余。如果你那五百元是在二十三以后，那便还好，否则我又该着急得不得了！请速告我。

车怎样了？绝对不能再养的了！

大雨家贝当路那块地立即要出卖，他要我们给他想法。他想要五万两，此事瑞午有去路否？请立即回信，如瑞午无甚把握，我即另函别人设法。事成我要二厘五的一半。如有人要，最高出价多少，立即来信，卖否由大雨决定。

明天我叫图南汇给你二百元家用（十一月份），但千万不可到手就宽，我们的穷运还没有到底；自已再不小心，更不堪设想。我如有不花钱飞机坐立即回去。不管生意成否。

我真是想你，想极了。

摩吻

十月二十九日

致徐志摩

摩：

昨天才写完一信，T.来了，谈了半天。他倒是个很好的朋友，他说他那天在车站看见我的脸吓一跳，苍白得好像死去一般，他知道我那时的心一定难过到极点了。他还说外边谣言极多，有人说我要离婚了，又有人说摩一定不是真爱我，若是真爱决不肯丢我远去的。真可笑，外头人不知道为什么都跟我有缘似的，无论男女都爱将我当一个谈话的好材料，没有可说的也是想法造点出来说，真奇怪了……

摩，为你我还是拼命干一下的好，我要往前走，不管前面有几多的荆棘，我一定直着脖子走，非到筋疲力尽我决不回头的。

因为你是真正地认识了我，你不但认识我表面，你还认清了我的内心，我本来老是自恨为什么没有人认识我，为什么人家全拿我当一个只会玩只会穿的女子；可是我虽恨，我并不怪人家，本来人们只看外表，谁又能真生一双妙眼来看透人的内心呢？受着的评论都是自己去换得来的，在这个黑暗的世界有几个是肯拿真性灵透露出来的？像我自己，还不是一样成天埋没了本性以假对人的么？只有你，摩！第一个人能从一切的假言假笑中看透我的真心，认识我的苦痛，叫我怎能不从此收起以往的假而真正地给你一片真呢！我自从认识了你，我就有改变生活的决心，为你我一定认真地做人了。

因为昨晚一宵苦思，今晨又觉满身酸痛，不过我快乐，我得着了一个全静的夜。本来我就最爱清静的夜，静悄悄只有我一个人，只有滴答的钟声做我的良伴，让我爱做什么就做什么，不论坐着，睡着，看书，都是安静的。再无聊时耽着想想，做不到的事情，得不着的快乐，只要能闭着眼像电影似的一幕幕在眼前飞过也是快乐的，至少也能得着片刻的安慰。昨晚想你，想你现在一定已经看得见西伯利亚的白雪了，不过你眼前虽有不容易看得到的美景，可你身旁没有了陪伴你的我，你一定也同我现在一般地感觉着寂寞，一般地心内叫着痛苦的吧！我从前常听人言生离死别是人生最难忍受的事情，我老是笑着说人痴情，谁知今天轮到了我身上，才知道人家的话不是虚的，全是从痛苦中得来的实言。我今天才身受着这种说不出叫不明的痛苦，生离已经够受了，死别的味儿想必更不堪设想吧。

回家去陪娘去看病，在车中我又探了探她的口气，我说照这样的日子再往下过，我怕我的身体上要担受不起了。她倒反说我自寻烦恼，自找痛苦，好好的日子不过，一天到晚只是去模仿外国小说上的行为，讲爱情，说什么精神上痛苦不痛苦，那些无味的话有什么道理。本来她在四十多年前就生出来了，我才生了二十多年，二十年内的变化与进步是不可计算的，我们的思想当然不能符合了。

在她们看来夫荣子贵是女子的莫大幸福，个人的喜、乐、哀、怒是不成问题的，所以也难怪她不能明了我的苦楚。本来人在幼年时灌进脑子里的知识与教育是永不会迁移的，何况是这种封建思想与礼教观念更不容易使她忘记。所以从前多少女子，为了怕人骂，怕人背后批评，甘愿牺牲自己的快乐与身体，怨死闺中，要不然就是终身得了不死不活的病，呻吟到死。这一类的可怜女子，我敢说十个里面有九个是自己……她们可怜，至死还不明白是什么害了她们。

摩！我今天很运气能够遇着你，在我不认识你以前，我的思想，我的观念，也同她们一样，我也是一样没有勇气，一样地预备就此糊里糊涂地一天天往下过，不问什么快乐什么痛苦，就此埋没了本性过一辈子完事的。自从见着你，我才像乌云里见了青天，我才知道自埋自身是不应该的，做人为什么不轰轰烈烈地做一番呢？我愿意从此跟你往高处飞，往明处走，永远再不自暴自弃了。

三月二十二日

人物小传

徐志摩，原名章垿，字槱森，后改字志摩，浙江海宁人，中国著名新月派现代诗人，散文家。徐志摩出生于富裕家庭，并曾留学英国。一生追求“爱”、“自由”与“美”，这为他带来了不少创作灵感，亦断送了他的一生。1931年11月19日因飞机失事罹难。

陆小曼，江苏常州人，于1903年11月7日出生于上海市孔家弄。名眉，别名小眉、小龙，笔名冷香人、蛮姑。陆小曼精通英语和法语，曾担任外交部翻译，早年闻名于北京外交界。她能诗善画，能写一手蝇头小楷，深谙昆曲，能演皮黄，也能写一手好文章。

这悠悠相思我与谁弹

——石评梅

酒尽烛残长夜已将完
我咽泪无语望着狼籍杯盘
再相会如这披肝沥胆知何年
只恐怕这是最后的盘桓

只恐怕这是最后的盘桓
冰天雪地中你知人生行路难
不要留恋不要哀叹不要泪潸潸
前途崎岖愿你强加餐

前途崎岖愿你强加餐
谁知道天付给你的命运是平坦艰险
晨光下脱下你血泪的长衫
挥剑斩断了烦恼的爱恋

挥剑斩断了烦恼的爱恋

你去吧乘着晨星寥落霜雪凄漫

几次我从泪帘偷看你憔悴的容颜

多少话要说千绪万端

多少话要说千绪万端

你如有嘱咐叮咛告我勿再迟缓

汽笛声中天南地北海滨隔重山

这悠悠相思我与谁谈

> 我相信你的灵魂，
> 你的永远不死的心，
> 你的再我心里永存的生命，
> 是能鼓励我、指示我、安慰我，
> 在这孤寂凄清的旅途。

墓畔哀歌泣陶然

她叫石汝璧，因生性颖悟，爱慕梅花之俏丽坚贞，因此把评梅作为自己的笔名。她有一首梅花诗，颇能见出她的性情：

话到飘零成苦辛，
月明何处问前身。
甘将疏影酬知己，
好把离魂吊故人。
玉碎香消颇有恨，
风流云散梦无尘。
多情且为留鸿爪，
他日芸窗证旧因。

他叫高君宇，是北大的学生，正当风华正茂。作为李大钊、陈独秀的学生，紧紧跟随着这一时代，并成为代表当时最先进思想的弄潮儿。

在一次山西的老乡会上，偶然的机缘，她与他相识。彼时，他学有所成，意气风发，才华横溢，谈锋甚健。她和他很能谈到一起去。

自打相识后，他们就书信往来频繁。在信中，他们畅所欲言，无话不谈，大到家国大事，小到日常琐事，都述诸笔端，显于彩笺。1923年10月26日晚10时，她收到一封不寻常的来信，是他寄的。打开信封，分明是一片红叶，只见上面写着：

满山秋色关不住，一片红叶寄相思。

天辛采自西山碧云寺十月二十四日。

显然，这是他对她爱的告白。很巧妙，用一片象征爱情的枫叶寄托表达自己对她的爱慕，没有浮华，又很浪漫，同时也表达了自己的内心。

可是在她的心里，仍然有顾虑，她的性格让她无法接受这份沉甸甸、火辣辣的爱。她在红叶的背面写了一句话："枯萎的花篮不敢承受这鲜红的叶儿。"然后装入信封送了回去，委婉地拒绝了他的示爱。

这片红叶是没有完成它所肩负的使命的，可它最后的归宿却是回到她的手中。那已经是他逝世以后的事了。

正如评梅所说："我生前拒绝的，我在他死后依然承受他，红叶纵然能去了又来，但是他呢！"红叶纵能相思如寄，可天人一方阴阳永隔，让人徒增"无可奈何花落去"的悲恨相续。

后来，她回忆这段往事，道出了事情的原委，不无悔怨地说："我真未料到一个平常的相识，竟对我有这样一番不可控制的热情。只是我对不住他，我不能接受他的红叶。为了我的素志，我不能承受它，承受了我怎样安慰他；为了我没有一颗心给他，承受了如何忍欺骗他。我即使不为自己设想，但是我怎能不为他设想。因之我陷入如焚的烦闷里。"

她之所以烦闷，自是因为她的“素志”左右着她。其实，在她的内心里，也是深爱着他的，只是掩藏在心底。原因之一是曾经的情感伤害并未完全平复，她不愿交给他一颗伤痕累累的心；第二个原因是高君宇在家还有经父母包办的妻子。因此她从来没答应他的表白，到死都保持着“冰雪友谊”。

面对她的拒绝，他十分痛苦，然而他在给她的信中这样写道：“你的所愿，我愿赴汤蹈火以求之，你的所不愿，我愿赴汤蹈火以阻之，不能这样，我怎能说是爱你……请相信，我是可移一切心与力专注于我所企望的事业的……”

为了表明他对她的尊重和理解，也为了表明自己对爱情忠贞不二的态度，1924年10月远在广州的他特意买了两枚象牙戒指，一枚寄给北京的她，另一枚戴在自己手上。他是以象牙戒指的洁白坚固象征他俩之间的冰雪友谊的。

他在信中写道：“我忽然很早跑到店里购了两个象牙戒指，一个大点的我自己带在手上，一个小的我寄给你，愿你承受了它，或许你不忍吧！再令它如红叶一样的命运。愿我们用‘白’来纪念这枯骨般死静的生命。”所以她一直戴着它，虽然好友陆晶清问她“天辛为什么偏要给你这样惨白枯冷的东西”，表示让她脱下来，然而她终究不曾动摇，让象牙戒指伴着她度过余生。

最终，两个人都是戴着各自的那枚象牙戒指离开人世的。

1925年3月，他一病不起，逝于协和医院。她知道死讯后，连忙赶到协和医院，到停尸的冰室，见他最后一面。首先映入眼帘的是戴在君宇右手的象牙戒指。眼前的这一幕勾起了她无限的情思。

他死后，归葬陶然亭。墓碑上镌刻着她手书的碑文：

我是宝剑，我是火花。

我愿生如闪电之耀亮。

我愿死如彗星之迅忽。

这是他生前自题相片的几句话，死后她替他刊在碑上。

她说："君宇！我无力挽住你迅忽如彗星的生命，我只有把剩下的泪流到你的坟头，直到我不能再来看你的时候。"

从此以后，在寥廓、萧森、凄凉、清爽的陶然亭，时有一丝倩影、一缕芳魂哭泣于他的墓碑前，不管春夏秋冬，不论风吹雨淋，即使在大雪纷飞的寒天冻地，也要在他的墓碑前留下"我来了"三字……

他的情让她无所适从，烦闷无绪；他的死，又让她痛悔交加，无法释然。她不禁扪心自问：君宇那"柔情似水，为什么不能温暖了我心如铁"，又满腔自责地怨艾死者"站在你尸前哀悼痛哭你的，不是全国的民众，却是一个别有怀抱，负你深爱的人"。

"荣枯事过都成梦，忧喜情忘便是禅"。她是很推崇这诗的境界的，然而她根本不能那样的洒脱。去留无意，宠辱不惊，她压根就做不到，只因为内心里深深系念着他。

对于他的哀号悲忆，成就了她一系列的深沉悲美的记怀性文字：《最后的一幕》、《我只合独葬荒丘》、《肠断心碎泪成冰》、《梦回寂寂残灯后》。这些文字是血和泪的奔涌，这些文字是情和爱的凝定，深婉哀丽，至情至性，字里行间流露着评梅的自省和反思："为了天辛的死，令我觉悟了从前太认真的人生的错误，同时忏悔我受了社会万恶的蒙蔽。死了的明显是天辛的躯壳，死了的惨淡潜隐便是我这颗心。"

自此，她抱定了独身主义，心里再容不下别个人。她和他最后诀别时说："辛，你假如仅仅是承受我的心时，现在我将这颗心双手献在你面前，我愿它永久用你的鲜血滋养，用你的热泪灌溉。辛，你真的爱我时，我知道你也能完成我的主义，因之我也愿你为了我牺牲，从此后我为了爱独身的，你也为了爱独身。"

1927年的清明时节，她在君宇的墓畔写下了如泣如诉如怨如慕扣人心弦催人泪下的凄怆悲凉而又满怀深情的悼文——《墓畔哀歌》。

我由冬的残梦里惊醒，
春正吻着我的睡靥低吟！
晨曦照上了窗纱，
望见往日令我醺醉的朝霞，
我想让丹彩的云流，再认认我当年的颜色。
披上那件绣着蛱蝶的衣裳，
姗姗地走到尘网封锁的妆台旁。
呵！明镜里照见我憔悴的枯颜，
像一朵颤动在风雨中苍白凋零的梨花。
我爱，我原想追回那美丽的皎容，
祭献在你碧草如茵的墓旁，
谁知道青春的残蕾已和你一同殉葬。
……

在这萧森的陶然亭，寂寞地面对孤墓荒冢，心绪怎能不哀怨惆怅呢？是啊，“满腔心酸谁与道”，天辛久赴黄泉，只留得哀歌墓畔，独对亡魂。“不管黄昏，不论夜深，醉卧在你墓碑傍，任霜露侵凌吧！我不再醒”……

1928年9月30日，石评梅因脑膜炎不治逝于协和医院，带着满腔的遗憾和深情，告别了给她希望和苦痛的人间。遗物都交与她的玲弟检收，她说：“我希望你能知道我了解我，我不愿使不了解不知道我的人妄加评论你可以完全了解我这悲苦的境界和一切偶然的捉弄，一直逼我到我离开这世界。”

朋友依她“生前未能相依共处，愿死后得并葬荒丘”的遗愿，将其葬于他的旁边，与他并相而立。她带着无穷的思爱和遗恨撒手人寰，却将无比婉丽的断肠文字留给我们，让我们去哀叹和感伤那段凄美哀怨的往事！

如今的陶然亭花叶扶疏，树木交映，微波粼粼，曲径幽然。置身其中，真有“陶然共忘机”的意趣。凭吊高石遗迹，自然不能让人“与君一醉一陶然”。斯人已逝，青冢依然，信步驻足，不免“犹吊遗踪一泫然”！

致石评梅

评梅：

你中秋前一日的信，我于上船前一日接到。此信你说可以做我唯一知己的朋友。前于此的一信又说我们可以做以事业度过这一生的同志。你只会答复人家不需要的答复，你只会与人家订不需要的约束。

你明白地告诉我之后，我并不感到这消息的突兀，我只觉得心中万分凄怆！我一边难过的是：世上只有吮血的人们是反对我们的，何以我唯一敬爱的人也不能同情于我们？我一边又替我自己难过，我已将一个心整个交给伊，何以事业上又不能使伊顺意？我是有两个世界的：一个世界一切都是属于你的，我是连灵魂都永禁的俘虏；在另一个世界里，我是不属于你，更不属于我自己，我只是历史使命的走卒。假使我要为自己打算，我可以去做禄蠹了，你不是也不希望我这样做吗？你不满意于我的事业，但却万分恳切地劝勉我努力此种事业；让我再不忆起你让步于吮血世界的结论，只悠悠地钦佩你牺牲自己而鼓舞别人的义侠精神！

我何尝不知道：我是南北飘零，生活在风波之中，我何忍使你同入此不安之状态。所以我决定：你的所愿，我将赴汤蹈火以求之，你的所不愿，我将赴汤蹈火以阻之。不能这样，我怎能说是爱你！从此我决心为我的事业奋斗，就这样飘零孤独度此一生，人生数十寒暑，死期忽忽即至，奚必坚执情感以为是。你不要以为对不起我，更不要为我伤心。

这些你都不要奇怪，我们是希望海上没有浪的，它应平静如镜；可是我们又怎能使海上无浪？从此我已是傀儡生命了，为了你死，亦可以为了你生，你不能为了这样可傲慢一切的情形而愉快吗？我希望你从此愉快，但凡你能愉快，这世上是没有什么可使我悲哀了！

写到这里，我望望海水，海水是那样平静。好吧，我们互相遵守这些，去建筑一个富丽辉煌的生命，不管他生也好，死也好。

君宇

九月二十二日

我虽无力使海上无浪，但是经你正式决定了我们命运之后，我很相信这波澜山立狂风统治了的心海，总有一天风平浪静，不管这是在千百年后，或者就是这握笔的即刻。我们只有等候平静来临，死寂来临，假如这是我们所希望的。容易丢去了的，便是兢兢恋守着的；愿我们的友谊也如双手一样，可以紧紧握着的，也可以轻轻放开。宇宙作如斯观，我们便毫无痛苦，且可与宇宙同在。

双十节商团袭击，我手曾受微伤。不知是幸呢还是不幸，流弹洞穿了汽车的玻璃，而我能坐在车里不死！这里我还图着几块碎玻璃，见你时赠你做个纪念。昨天我忽然很早起来跑到店里购了两个象牙戒指。一个大点的我自己带在手上，一个小的我寄给你，愿你承受了它。或许你不忍吧！再令它如红叶一样的命运。愿我们用“白”来纪念这枯骨般死静的生命。

致高君宇

辛：

我如今是更冷静、更沉默地挟着过去的遗什去走向未来的。我四周有狂风，然而我是掀不起波澜的深潭；我前边有巨涛，然而我是激不出声响的顽石。

颠沛搏斗中我是生命的战士，是极勇敢、极郑重、极严肃地向未来的城垒进攻的战士。我是不断地有新境遇，不断地有新生命的；我是为了真实而奋斗，不是追逐幻象而疲奔的。

知道了我走向人生的目标。辛，一年来我虽然有不少的哀号和悲忆，你也不需为生的我再抱遗恨和不安。如今我是一道舒畅平静向大海去的奔流，纵然沿途在山峡巨谷中或许发出凄痛的呜咽，那只是积沙岩石被旋涡冲击的原因，相信它是会得到平静的，会得到创造真实生命的愉快的，它是一直奔到大海去的。

辛！你的生命虽不幸早被腐蚀而夭逝，不过我也不过分地再悼感你在宇宙间曾存留的幻体。我相信只要我自己生命闪耀存在于宇宙一天，你是和我同在的。辛！你要求于人间的，你希望于我自己的，或许便是这些吧！

深刻的情感是受过长久的理智的熏陶的，是由深谷的潜流中一滴一滴渗透出来的。我是投自己于悲剧中而体验人生的，所以我便牺牲人间一切的虚荣和幸福，在这冷墟上，你的坟墓上，培植我用血泪浇洒的这束野花来装饰点缀我们自己创造下的生命。辛！除了这些我不愿再告你什么，我想你果真有灵，也许赞我一样的努力。

一年之后，世变几迁，然而我的心是依然这样平静冷寂的，抱持着我理想上的真实而努力。有时我是低泣，有时我是痛哭。低泣，你给予我的死寂；痛哭，你给予我的深爱。然而有时我也很快乐，我也很骄傲。我是睥视世人，微微含笑，我们圣洁的、高傲的、孤清的生命巍然峙立于皑皑的云端。

生命的圆满，生命的圆满，有几个懂得生命的圆满？那一般庸愚人的圆满，正是我最避忌恐怖的缺陷。我们的生命是肉体和骨头吗？假如我们的生命是可以毁灭的幻体，那么，辛！我的这颗迂回潜隐的心，也早应随你的幻体而消逝。我如今认识了一个完成的圆满生命是不能消灭、不能丢弃、不能忘记的，换句话说，就是永远存在。多少人都希望我毁灭、丢弃、忘记，把我已完成的圆满生命抛去，我终是不能。才知道我们的生命并未死，仍然活着，向前走着，在无限的高处创造和建设着。

我相信你的灵魂，你的永远不死的心，你的在我心里永存的生命，是能鼓励我、指示我、安慰我，在这孤寂凄清的旅途。我如今是愿挑上这副担子走向遥远的、黑暗的、荆棘的由生到死的道上，一头我挑着已有的收获，一头我挑着未来的耕长，这样一步一步走向无穷的。

自你死后，我便认识了自己，更深地了解自己。同时朋友中是贤最知道我，他似乎这样说过：

"她生来是一道大江，你只应疏凿沙石让她舒畅地流入大海，断不可堵塞江口，把水引去点缀帝王之家的宫殿楼台。"

辛！你应该感谢他！他自从由法华寺归路上将晕厥后的我救护起，一直到我找到了真实生命，他都是启示我、指导我、帮助我、鼓励我。由积沙岩石的旋涡波涌中，把我引上了坦平的海道。如今，我能不怨愤，不悲哀，没有沉重的苦痛永远缠绕的，都是因为我已有了奔流的河床。只要我平静地舒畅地流呵，流呵，流到一个归宿的地方去，绝无一种决堤泛滥之灾来阻挠我。

辛！你应感谢他！你所要在死后希望我、要求我努力的前途，都是你忠诚的朋友，他一点一滴地汇聚下伟大的河床，帮助我移我的泉水在上边去奔流，无阻碍奔向大海去的。像我目下这样夜静时的心情，能这样平淡地写这封信给你，你也会奇怪我吧！我已不是从前呜咽哀号、颓丧消沉的我，我是沉默深刻、容忍涵蓄一切人间的哀痛，而努力去寻求生命真理的战士。

我不承认这是自骗的话，因为我的路是这样自然，这样平坦地走去的。放心！你别我一年多，而我能这般去辟一个理想的乐园，也许是你惊奇的吧！

你一定愿意知道一点关于弟弟的消息，前三天我忽然接到他一封信，他现在是被你们那古旧的家庭囚闭着，所以他已失学一年多了。这种情形，自然你会伤感的，假如你要活着，他绝对不能受这样的苦痛，因为你是能帮助他脱却一切桎梏而创造新生命的。如今他极愤激，和你当日同你家庭暗斗的情形一样。而我也很相信静弟是能觅到他的光明的前途的，或者你所企望的一切事业志愿，他都能给你圆满地完成。他的信是这样说的：

"自别京地回家之后，实望享受几天家庭的乐趣，以慰我一年来感受了的苦痛。谁知我得到的，是无限量的烦恼！

"我回来的时候，家中已决定令我废学，及我归后，复屡次向我表示斯旨，我虽竭词解释，亦无济于事。

"读姊来信，说那片荒凉的境地，也被践踏蹂躏而不得安静，我更替我黄泉下的哥哥愤激！不料一年来的变迁，竟有如斯其悲惨！

"一切境遇，一切遭逢，皆足以使人伤心掉泪！

"我希望于家庭的，是要借得他来援助完成我的志愿，我的事业，但家庭则不然。他使我远近游学的一点心迹，是希望我猎得一些禄位金钱来光荣祖墓家风。这些事我们青年人看起来，就是头衔金银冠里满身，那也算不了什么稀奇的光荣！我每想到环境的压迫，恒愿一死为快。但是到了死的关头，好像又有许多不忍的观念来掣肘似的。我不愿死，我死固不足惜，但我死而一切该死的人不能竟行死去。我将以此不死的躯骸，向着该死的城垒进攻！

“我现在的希望已绝，但我仍流连不忍即离去者，实欲冀家庭之能有一时觉悟，如我心愿亦未可定！如或不然，我将决于明年为行期，毅然决然地要离开他，远避他，和他行最后决裂的敬礼。

“愿你勿为了一切黑暗的、荆棘的环境愁烦！我们从生到死的途径上，就像日的初升，纵然有时被浮云遮蔽，仍然是要继续发光的。

“我们走向前去吧！我们走向前去吧！环境的阻挠在我们生命的途中，终于是等若浮云。”

辛！是残月深更，在一个冷漠枯寂的初冬之夜，我接读静弟这封依稀是你字迹，依稀是你语句的信。久不流的酸泪又到了眶边，我深深地向你遗像叹息！记得静弟未离京时，他曾告知贤以他将来前途的黯淡，他那时便决心要和家庭破裂。是我和贤婉劝他，能用善良的态度去感化而有效时，千万不要和家庭破裂。因为思想的冲突，是环境时代不同的差别之争，应该原谅老年人的陈腐思想，是这一时代中的产物，并不是他对于子女有意对垒似的向你宣战。因之，能辗转委婉去和家庭解释，令他能觉悟到什么是现代青年人应做的工作，自我的警策；令他知道我们青年人，绝对再不能为古旧的家庭或社会作涂饰油彩的机械傀儡。父母年老，假如一旦你的消息泄漏，静弟再远走愤去，那你们家庭的惨淡、黑暗、悲痛，定连目下都不如，这也不是你的意愿和静弟的希望吧！所以我一直都系念着静弟，那最后决裂的敬礼。

认识我们，和我们要好的朋友，现在大半都云散四方，去创造追求各个的生命希望去了。只有你的贤哥，和我的晶妹，还在这块你埋骨的地方，伴着你。朋友们都离京后，时局也日在幻变，陷入死境，要找寻前两年的那种环境和兴趣已不可得，所以连你坟头都那样凄寂。去年那些小弟弟们，知道你未曾见过你的朋友们，他们都是常常在你的墓畔喝酒野餐，痛哭高歌的，帮助我建碑、种树、修墓的都是他们。如今，连这个梦也闭幕了，你墓头不再有那样欢欣、那样热闹的聚会了。

他们都走向远方去了。

自从那块地方驻兵后，连我都不敢常去。任你墓头变成了牧场，牛马践踏蹂躏了你的墓砖，吃光了环绕你墓的松林，那块白石的墓碑上有了剥蚀的污秽的伤痕。我们不幸在现代做人受欺凌不能安静，连你做鬼的坟茔都要受意外的灾劫，说起来真令人愤激万分。辛！这世界，这世界，四处都是荆棘，四处都是刀兵，四处都是喘息着生和死的呻吟，四处都滴洒着血和泪的遗痕。我是撑着这弱小的身躯，投入在这腥风血雨中搏战着走向前去的战士，直到我倒毙在旅途上为止。

我并不感伤一切既往，我是深谢着你是我生命的盾牌，你是我灵魂的主宰。从此就是自在的流，平静的流，流到大海的一道清泉。辛！一年之后，我在辗转哀吟，流连痛苦之中，我能告诉你的，大概只有这些话。你永久沉默的死寂的灵魂呵！我致献这一篇哀词于你吐血的周年这天。

一九二六年十一月十八日

人物小传

高君宇，中国共产党的早期革命活动家之一。“五·四”运动时的北京大学学生代表。1920年9月任北京社会主义青年团书记。在第三次党代会上被选为中央委员。高君宇不仅是一位革命者，也是一个情感丰富的诗人。他爱上北京的著名女诗人石评梅，并热烈地追求她，给她写了不少情真意切、感人至深的情书。1925提于北京病逝。

石评梅，山西省平定县城里人。乳名心珠，学名汝璧。因爱慕梅花之俏丽坚贞，自取笔名石评梅。被誉为“民国四大才女”之一的石评梅，除酷爱文学外，还爱好书画、音乐和体育，是一位天资聪慧、多才多艺的女性。她26年的短暂生命中，不仅留下了独特的文学作品，也留下了深沉的爱情乐章。石评梅的一生，是一部催人泪下的凄艳的长诗，是一部恸人魂魄的哀怨的悲剧，是坎坷悲艳的一生。

颂

——沈从文

说是总有那么一天，
你的身体成了我极熟的地方，
那转弯抹角，那小阜平冈；
一草一木我全都知道清清楚楚，
虽在黑暗里我也不至于迷途。
如今这一天居然来了。

我嗅惯着了你身上的香味，
如同吃惯了樱桃的竹雀；
辨得出樱桃香味。
樱桃与桑葚以及地莓味道的不同，
虽然竹雀并不曾吃过
桑葚与地莓也明白的。

你是一枝柳，
有风时是动，无风时也是动；
但在大风摇你撼你一阵过后，
你再也不能动了。
我思量永远是风，是你的风。

悬崖上的虎耳草

1928年，上海，中国公学。

大学部一年级的现代文学课上，年轻的他站在学生们面前，脸憋得通红，却说不出一句话。在这样令人窘迫的沉默里，他背过身，提笔在黑板上写："第一次上课，见你们人多，怕了。"学生们善意地笑了，宽容了他的惊惶。

他便是沈从文。这个从湘西大山里走出来的年轻人，行伍出身，只有一张小学毕业文凭，却被聘为大学讲师，这在今天是难以想象的。

她是公认的中国公学校花，皮肤微黑，却极其清秀美丽。18岁的她，正当最好的年纪，是众人心中不可企及的女神。

她便是张兆和。她出身名门，是苏州乐益女子中学校长张冀牗的三小姐。曾祖父张树声历任两广总督和代理直隶总督，父亲张冀牗独资创办了乐益女中。在合肥老家，张家有万顷良田，光是收租就能收10万担。张冀牗担心久居合肥会让子女沾染世家子弟奢华的积习，遂举家搬迁到上海，而后，又迁居到了苏州，从此在这清丽婉约的江南古城定居了下来，成为苏州城里的“名门”。

他与她，一个是温柔富贵乡里长大的名门闺秀，一个是来自湘西山间的清贫男子。这看似全然是两个世界的人，却因奇妙的缘分纠葛一生。

他对她的爱恋来得默然，却是一发不可收拾，写给她的情书一封接一封，延绵不绝地表达着心中的倾慕。

他写道：“我曾做过可笑的努力，极力去和别的人要好，等到别人崇拜我，愿意做我的奴隶时我才明白，我不是一个首领，用不着别的女人用奴隶的心来服侍我，但我却愿意做奴隶，献上自己的心，给我爱的人。我说我很顽固地爱你，这种话到现在还不能用别的话来代替，就因为这是我的奴性。”

在信中，沈从文毫不掩饰地将自己摆在了一个奴隶的位置，他近乎卑微地爱着张兆和，把她当作顶礼膜拜的女神。

一个男子爱一个少女到这种程度，有时都叫人忍不住怀疑，他究竟是爱那个叫“三三”的姑娘，还是爱着他自己心中构建出的“女神”幻影。

他说：“我行过很多地方的桥，看过许多次数的云，喝过许多种类的酒，却只爱过一个正当最好年龄的人。”

沈从文的情书如狂风暴雨一般，携着不顾一切的勇气和热情向张兆和席卷而来。那些信，几乎封封都能当作美文来读。世间任何一个女子看到这样的情书，都应该会心动的吧！然而张兆和对沈从文的深情却是无动于衷，他的信，她几乎一封也没回过。

彼时，沈从文已经是一位颇有名气的作家，出版了很多小说，人也生得清秀斯文。这样一位儒雅才子，当然引人注目。因此，他和张兆和的事儿自然而然地成为人们茶余饭后的谈资，在当时整个中国公学无人不知。沸沸扬扬的绯闻给张兆和带来了极大的困扰。作为一个大家闺秀，谁也不愿意让自己卷入这样的桃色新闻里。于是，她带着沈从文的一大沓情书去见了胡适校长。

然而，她没想到的是，胡适并不站在她这边，反而大力夸奖沈从文的才华，说他是中国小说家中最有希望的人。

然而，这些并不足以打动一个少女的心。

胡适对张兆和说："他顽固地爱着你。"

张兆和的回答倔强而骄傲，她说："我顽固地不爱他。"

这场谈话就这样结束了。

之后胡适写信给沈从文："这个女子不能了解你，更不能了解你的爱，你错用情了……不要让一个小女子夸口说她曾碎了沈从文的心……"可是，胡适的劝导没能改变什么，沈从文依然一封接一封地写着信。

1930年，沈从文离开上海，赴青岛大学任教，他的情书从上海写到了青岛。也许是那海滨城市比上海宁和，他的信也变得端然静好起来。

他在给她的信中这样写道："我希望我能学做一个男子，爱你却不再来麻烦你。我爱你一天总是要认真生活一天，也极力免除你不安的一天。为着这个世界上有我永远倾心的人在，我一定要努力切实做个人的。"

沈从文的态度转变了，他不再寻死觅活，于是，张兆和的态度也有了些微妙的变化。

她在日记中写道："自己到如此地步，还处处为人着想，我虽不觉得他可爱，但这一片心肠总是可怜可敬的了。"

当他用温暖庄重的方式表达他的深情时，她"顽固不爱"的心有了动摇。

如此一晃便是四年。

1933年暑假，张兆和从中国公学毕业了，回到苏州。沈从文便从青岛来到苏州九如巷张家探访。

那天，张兆和正好去图书馆看书了，沈从文以为是张兆和避而不见，正在进退两难之时，二姐允和出来了，问清了才知道他就是那个写了许多情书的沈从文。允和邀他进门坐坐，他却执意走了。

也许是他黯然的神情打动了允和，张兆和回来的时候，允和便要她去旅馆看望沈从文，允和对兆和说：“你去了就说，我家兄弟姐妹多，很好玩，请你来玩玩。”

于是，张兆和去了，站在旅馆门外，老老实实地将姐姐的话一字不落地背出来，于是两人一起回了张家。

张家的姐妹对沈从文都很友善，“五弟寰和还从他每月二元的零用钱中拿出钱来买瓶汽水，沈从文大为感动，当下许五弟：‘我写些故事给你读。’后来写了《月下小景》，每篇都附有‘给张小五’字样”。

沈从文的感动叫人微微心酸，不过是一瓶汽水，他却是这样受宠若惊，铭刻于心。

也许，就像钱锺书的那篇有名的《猫》中影射的，“他在本乡落草做过土匪，后来又吃粮当兵，其作品给读者野蛮的印象；他现在名满天下，总忘不掉小时候没好好进过学校，还觉得那些‘正途出身’者不甚瞧得起自己”。

沈从文心里是有些自卑的。

行伍出身的沈从文曾受过“科班出身”的知识分子的诸多冷落，可以想象，当他拜访门第高华的张家时，怀着怎样一种忐忑的心情。所以，当他听到兆和不在家的消息时，第一时间想到的是张兆和避而不见，是心里潜藏的自卑让他有了这样的想法。当允和请他进门坐坐的时候，他也连忙推辞，匆匆离开。

他担忧高贵的张家瞧不起他。

好在有了小五的那瓶汽水。那个炎热的夏天，那瓶冰凉透彻的汽水成了他心底最清甜的回忆，因为那意味着他在张家受到了欢迎。

从那以后，沈从文和张兆和的关系有了质的变化，四年的时光如水，“顽固爱着”的沈从文终于打动了“顽固不爱”的“三三”的心。

沈从文又请二姐允和去征询张父的意见，并向兆和说："如爸爸同意，就早点让我知道，让我这乡下人喝杯甜酒吧。"张父是极开明的人，他向来主张自由恋爱，曾说"儿女婚事，他们自理，与我无干"，所以他欣然认可了沈从文。

于是，允和给沈从文发了一封电报，只一个"允"字，既是她的名字，又表达了意思，被后人称作"半个字的电报"。

兆和还担心沈从文看不懂，又拍了一封："乡下人，喝杯甜酒吧。"电报员奇怪，问是什么意思，兆和不好意思地说："你甭管，照拍好了。"

1933年9月9日，沈从文与张兆和在北京中央公园成婚。

婚后，张兆和随沈从文去了青岛。在那段新婚的甜蜜时光里，沈从文的创作力也得到了极大的迸发，著名的《边城》就写在那段时间，小说中那"黑而俏丽"的翠翠，便是以张兆和为原型写的。张兆和生得眉清目秀，皮肤微黑，在中国公学被叫作"黑凤"。

因为母亲生病，沈从文回了一趟湘西。在路上，他又为张兆和写了许多情书，张兆和也愉快地回了。往来书信后来汇集出版了，就是《湘行书简》。

《湘行书简》完全可当作优美的散文集来读，信中沈从文叫张兆和"三三"，而张兆和叫他"二哥"。

在信中张兆和担心着："长沙的风是不是也会这么不怜悯地吼，把我二哥的身子吹成一块冰？为了这风，我很发愁，就因为我自己这时坐在温暖的屋子里，有了风，还把心吹得冰冷。我不知道二哥是怎么支持的。"

沈从文安慰她说："三三，乖一点，放心，我一切好！我一个人在船上，看什么总想到你。"

两人的信用清丽的语言表达着绵绵的思念、款款的深情。

若是一切在1934年戛然而止，该多好。童话里，那些历尽艰难的王子最后终于娶到了美丽的公主，“从此幸福地生活在一起”。

可惜，这不是一个童话。

三年后，抗战爆发了。

1938年，沈从文离开了北京，去了西南联大任教，因为年幼的孩子需要照顾，张兆和留在了北京。

分离的日子里，他依旧给她写着信，她也依旧回着。这时期的书信后来汇编成了《飘零书简》，然而，《飘零书简》早已不复当年的《湘行书简》。

在张兆和的信里，柴米油盐的琐事成了写信的主题，沈从文与张兆和结婚后，两个人都不善理财，家中没有多少积蓄，留在北京的张兆和带着两个孩子，生活很困难。于是，她开始说沈从文过去不知节俭，“打肿了脸装胖子”，“不是绅士而冒充绅士”。

而在沈从文的信里却充满着对感情的疑虑与猜疑，他认为，张兆和有多次离开北京去与他相会的机会，但总是“迁延游移”，故意错过，他怀疑张兆和不爱他，不愿意与他一起生活，设法避开他。他甚至告诉张兆和：她“永远是一个自由人”。

面对困窘的生活，面对纷飞的战火，童话也褪了色，优美诗意终究敌不过柴米油盐，徒留下一片现实的苍白。

在《飘零书简》里，“三三”走下了神坛，其实她也根本无意做个“女神”，她不过是个寻常女子，拖着两个孩子，独立面对窘迫的生活，她忍不住出言抱怨丈夫。

然而，沈从文却无法接受这样的一个兆和，他心底的自卑又一次本能地腾起，将她的家常抱怨归结为移情别恋，所以他急匆匆地写信告诉兆和，如果她爱上别人，可以自由地走。

他是那样的不自信，觉得与其让她来告诉他，她爱上了别人，不如自己抢先一步说了，还能保全一个风度和体面。

他的误解让张兆和感到失望，她回道："来信说那种废话，什么自由不自由的，我不爱听，以后不许你讲……此后再写那样的话我不回你信了。"

也许张兆和这一生都不曾体会过沈从文的自卑。

很多年后，张兆和曾写过一段话：

"从文同我相处，这一生，究竟是幸福还是不幸？得不到回答。我不理解他，不完全理解他。后来逐渐有了些理解，但是，真正懂得他的为人，懂得他一生承受的重压，是在整理编选他遗稿的现在。过去不知道的，现在知道了；过去不明白的，现在明白了。"

"太晚了！为什么在他有生之年，不能发掘他，理解他，从各方面去帮助他，反而有那么多的矛盾得不到解决！悔之晚矣。"

她懂了，可他已经走了，她永远也没法重头来过了。

沈从文去世的时候，张家四姐充和为他写挽联，形容他是"星斗其文，赤子其人"。充和是了解他的，他确实就像一个天真的孩子，他的爱澄澈极了，全然不涉心机与手段，他就那样单纯地全无保留地将自己献给了她。

他至死都深爱着张兆和，为她的第一封信哭得又伤心又快乐，为她的一个笑容、一句赞赏"欢喜得要飞到半空中"，为她的一次生气、一个抱怨而陷入无穷的苦恼里，甚至想去轻生。

他行过许多地方的桥，看过许多次数的云，喝过许多种类的酒，终于，他还是回到了故乡，归葬在了湘西灵秀的山水里。

他坟地的对面是一片悬崖，崖上蓬勃生长着大丛的虎耳草。《边城》里的翠翠，只有在梦中才能摘到。他爱过的"那个正当年的人"，便似那悬崖上的虎耳草，这一生他没有摘到，于是，他将生生世世守望她。

由达园致张兆和

三三：

你们想一定很快要放假了。我要玖到××来看看你，我说："玖，你去为我看看三三，等于我自己见到了她。去时高兴一点，因为哥哥是以见到三三为幸福的。"不知道玖来过没有？玖大约秋天要到北平女子大学学音乐，我预备秋天到青岛去。这两个地方都不像上海，你们将来有机会时，很可以到各处去看看。北平地方是非常好的，历史上为保留下一些有意义极美丽的东西，物质生活极低，人极和平，春天各处可放风筝，夏天多花，秋天有云，冬天刮风落雪，气候使人严肃，同时也使人平静。三三毕了业若还要读几年书，倒是来北平读书好。

你的戏不知已演过了没有？北平倒好，许多大教授也演戏，还有从女大毕业的，到各处台上去唱昆曲，也不为人笑话。使戏子身份提高，北平是和上海稍稍不同的。

听说××到过你们学校演讲，不知说了些什么话。我是同她顶熟的一个人，我想她也一定同我初次上台差不多，除了红脸不会有再好的印象留给学生。这真是无办法的，我即或写了一百本书，把世界上一切人的言语都能写到文章上去，写得极其生动，也不会作一次体面的讲话。说话一定有什么天才，三三是大家明白的一个人，说话嗓子洪亮，使人倾倒，不管他说的是什么空话废话，天才还是存在的。

我给你那本书，《三三》同《丈夫》都是我自己欢喜的，其中《丈夫》更保留到一个最好的记忆，因为那时我正在吴淞，因爱你到要发狂的情形下，一面给你写信，一面却在苦恼中写了这样一篇文章。我照例是这样子，做得出很傻的事，也写得出很多的文章，一面糊涂处到使别人生气，一面清明处，却似乎比平时更适宜于做我自己的事。三三，这时我来同你说这个，是当一个故事说到的，希望你不要因此感到难受。这是过去的事情，这些过去的事，等于我们那些死亡了最好的朋友，值得保留在记忆里，虽想到这些，使人也仍然十分惆怅，可是那已经成为过去了。这些随了岁月而消逝的东西，都不能再在同样情形下再现了的，所以说，现在只有那一篇文章，代替我保留到一些生活的意义。这文章得到许多好评，我反而十分难过，任什么人皆不知道我为了什么原因，写出一篇这样文章，使一些下等人皆以一个完美的人格出现。

我近日来看到过一篇文章，说到似乎下面的话："每人都有一种奴隶的德性，故世界上才有首领这东西出现，给人尊敬崇拜。因这奴隶的德性，为每一人不可少的东西，所以不崇拜首领的人，也总得选择一种机会低头到另一种事上去。"三三，我在你面前，这德性也显然存在的。为了尊敬你，使我看轻了我自己一切事业。我先是不知道我为什么这样无用，所以还只想自己应当有用一点。到后看到那篇文章，才明白，这奴隶的德性，原来是先天的。我们若都相信崇拜首领是一种人类自然行为，便不会再觉得崇拜女子有什么稀奇难懂了。你注意一下，不要让我这个话又伤害到你的心情，因为我不是在窘你做什么你做不到的事情，我只在告诉你，一个爱你的人，如何不能忘你的理由。我希望说到这些时，我们都能够快乐一点，如同读一本书一样，仿佛与当前的你我都没有多少关系，却同时是一本很好的书。

我还要说，你那个奴隶，为了他自己，为了别人起见，也努力想脱离羁绊过。当然这事做不到，因为不是一件容易事情。为了使你感到窘迫，使你觉得负疚，我以为很不好。我曾作过可笑的努力，极力去同另外一些人要好，到别人崇拜我愿意做我的奴隶时，我才明白，我不是一个首领，用不着别的女人用奴隶的心来服侍我，却愿意自己作奴隶，献上自己的心，给我所爱的人。我说我很顽固的爱你，这种话到现在还不能用别的话来代替，就因为这是我的奴性。

三三，我求你，以后许可我做我要做的事，凡是我要向你说什么时，你都能当我是一个比较愚蠢还并不讨厌的人，让我有一种机会，说出一些有奴性的卑屈的话，这点点是你容易办到的。你莫想，每一次我说到“我爱你”时你就觉得受窘，你也不用说“我偏不爱你”，作为抗拒别人对你的倾心。你那打算是小孩子的打算，到事实上却毫无用处的。有些人对天成日成夜说：“我赞美你，上帝！”有些人又成日成夜对人世的皇帝说，“我赞美你，有权力的人！”你听到被赞美的“天”同“皇帝”，以及常常被称赞的日头同月亮，好的花，精致的艺术回答说“我偏不赞美你”的话没有？一切可称赞的，使人倾心的，都像天生就是这个世界的主人，他们管领一切，统治一切，都看得极其自然，毫不勉强。一个好人当然也就有权力使人倾倒，使人移易哀乐，变更性情，而自己却生存到一个高高的王座上，不必作任何声明。凡是能用自己各方面的美攫住别的人灵魂的，他就有无限权威，处置这些东西，他可以永远沉默，日头，云，花，这些例举不胜举。除了一只莺，他被人崇拜处，原是他的歌曲，不应当哑口外，其余被称赞的，大都是沉默的。三三，你并不是一只莺。一个皇帝，吃任何阔气东西他都觉得不够，总得臣子恭维，用恭维作为营养，他才适意，因为恭维不甚得体，所以他有时还发气骂人，让人充军流血。三三，你不会像帝皇。一个月亮可不是这样的，一个月亮不拘听到任何人赞美，不拘这赞美如何不得体，如何不恰当，它不拒绝这些从心中涌出的呼喊。三三，你是我的月亮。你能听一个并不十分聪明的人，用各样声音，各样言语，向你说出各样的感想，而这感想却因为你的存在，如一个光明，照耀到我的生活里而起的，你不觉得这也是生存里一件有趣味的事吗？

“人生”原是一个宽泛的题目，但这上面说到的，也就是人生。

为帝王作颂的人，他用口舌“娱乐”到帝王，同时他也就“希望”到帝王。为月亮写诗的人，他从它照耀到身上的光明里，已就得到他所要的一切东西了。他是在感谢情形中而说话的，他感谢他能在某一时望到蓝天满月的一轮。三三，我看你同月亮一样。……是的，我感谢我的幸运，仍常常为忧愁扼着，常常有苦恼（我想到这个时，我不能说我写这个信时还快乐）。因为一年内我们可以看过无数次月亮，而且走到任何地方去，照到我们头上的，还是那个月亮。这个无私的月不单是各处皆照到，并且从我们很小到老还是同样照到的。至于你，“人事”的云翳，却阻拦到我的眼睛，我不能常常看到我的月亮！一个白日带走了一点青春，日子虽不能毁坏我印象里你所给我的光明，却慢慢地使我不同了。“一个女子在诗人的诗中，永远不会老去，但诗人，他自己却老去了。”我想到这些，我十分忧郁了。生命都是太脆薄的一种东西，并不比一株花更经得住年月风雨，用对自然倾心的眼，反观人生，使我不能不觉得热情的可珍，而看重人与人凑巧的藤葛。在同一人事上，第二次的凑巧是不会有的。我生平只看过一回满月。我也安慰自己过，我说：“我行过许多地方的桥，看过许多次数的云，喝过许多种类的酒，却只爱过一个正当最好年龄的人。我应当为自己庆幸……”这样安慰到自己也还是毫无用处，为“人生的飘忽”这类感觉，我不能忍受这件事来强作欢笑了。我的月亮就只在回忆里光明全圆，这悲哀，自然不是你用得着负疚的，因为并不是由于你爱不爱我。

仿佛有些方面是一个透明了人事的我，反而时时为这人生现象所苦，这无办法处，也是使我只想说明却反而窘了你的理由。

三三，我希望这个信不是窘你的信。我把你当成我的神，敬重你，同时也要在一些方便上，诉说到即或是真神也很糊涂的心情，你高兴，你注意听一下，不高兴，不要那么注意吧。天下原有许多稀奇事情，我××××十年，都缺少能力解释到它，也不能用任何方法说明，譬如想到所爱的一个人的时候，血就流走得快了许多，全身就发热作寒，听到旁人提到这人的名字，就似乎又十分害怕，又十分快乐。究竟为什么原因，任何书上提到的都说不清楚，然而任何书上也总时常提到。“爱”解作一种病的名称，是一个法国心理学者的发明，那病的现象，大致就是上述所及的。

你是还没有害过这种病的人，所以你不知道它如何厉害。有些人永远不害这种病，正如有些人永远不害麻疹伤寒，所以还不大相信伤寒病使人发狂的事情。三三，你能不害这种病，同时不理解别人这种病，也真是一种幸福。因为这病是与童心成为仇敌的，我愿意你是一个小孩子，真不必明白这些事。不过你却可以明白另一个爱你而害着这难受的病的痛苦的人，在任何情形下，却总想不到是要窘你的。我现在，并且也没有什么痛苦了，我很安静，我似乎为爱你而活着的，故只想怎么样好好地来生活。假使当真时间一晃就是十年，你那时或者还是眼前一样，或者已做了某某大学的一个教授，或者自己不再是小孩子，倒已成了许多小孩子的母亲，我们见到时，那真是有意思的事。任何一个作品上，以及任何一个世界名作作者的传记上，最动人的一章，总是那人与人纠纷藤葛的一章。许多诗是专为这点热情的指使而写出的，许多动人的诗，所写的就是这些事，我们能欣赏那些东西，为那些东西而感动，却照例轻视到自己，以及别人因受自己所影响而发生传奇的行为，这个事好象不大公平。因为这个理由，天将不许你长是小孩子。“自然”使苹果由青而黄，也一定使你在适当的时间里，转成一个“大人”。三三，到你觉得你已经不是小孩子，愿意作大人时，我倒极希望知道你那时在什么地方做些什么事，有些什么感想。“雀苇”是易折的，“磐石”是难动的，我的生命等于“雀苇”，爱你的心希望它能如“磐石”。

望到北平高空明蓝的天，使人只想下跪，你给我的影响恰如这天空，距离得那么远，我日里望着，晚上做梦，总梦到生着翅膀，向上飞举。向上飞去，便看到许多星子，都成为你的眼睛了。

三三，莫生我的气，许我在梦里，用嘴吻你的脚，我的自卑处，是觉得如一个奴隶蹲到地下用嘴接近你的脚，也近于十分亵渎了你的。我念到我自己所写到“崔苇是易折的，磐石是难动的”时候，我很悲哀。易折的崔苇，一生中，每当一次风吹过时，皆低下头去，然而风过后，便又重新立起了。只有你使它永远折伏，永远不再作立起的希望。

一九三一年六月北平

小船上的信

船在慢慢地上滩，我背船坐在被盖里，用自来水笔来给你写封长信。这样坐下写信并不吃力，你放心。这时已经三点钟，还可以走两个钟头，应停泊在什么地方，照俗谚说："行船莫算，打架莫看。"我不过问。大约可再走廿里，应歇下时，船就泊到小村边去，可保平安无事。船泊定后我必可上岸去画张画。你不知见到了我常德长堤那张画不？那张窄的长的。这里小河两岸全是如此美丽动人，我画得出它的轮廓，但声音、颜色、光，可永远无本领画出了。你实在应来这小河里看看，你看过一次，所得的也许比我还多，就因为你梦里也不会想到的光景，一到这船上，便无不朗然入目了。这种时节两边岸上还是绿树青山，水则透明如无物，小船用两个人拉着，便在这种清水里向上滑行，水底全是各色各样的石子。舵手抿起个嘴唇微笑，我问他，"姓什么?""姓刘。""在这条河里划了几年船?""我今年五十三，十六岁就划船。"来，三三，请你为我算算这个数目。这人厉害得很，四百里的河道，涨水干涸河道的变迁，他无不明明白白。他知道这河里有多少滩、多少潭。看那样子，若许我来形容形容，他还可以说知道这河中有多少石头！是的，凡是较大的、知名的石头，他无一不知！水手一共是三个，除了舵手在后面管舵管篷管纤索的伸缩，前面舱板有两个人。其中一个是小孩子，一个是大人。两个人的职务是船在滩上时，就撑急水篙，左边右边下篙，把钢钻打得水中石头作出好听的声音。到长潭时则荡桨，躬起个腰推扳长桨，把水弄得哗哗的，声音也很幽静温柔。到急水滩时，则两人背了纤索，把船拉去，水急了些，吃力时就伏在石滩上，手足并用地爬行上去。船是只新船，油得黄黄的，干净得可以作为教堂的神龛。我卧的地方较低一些，可听得出水在船底流过的细碎声音。前舱用板隔断，故我可以不被风吹。我坐的是后面，凡为船后的天、地、水，我全可以看到。我就这样一面看水一面想你。我快乐，就想应当同你快乐，我闷，就想要你在我必可以不闷。我同船老板吃饭，我盼望你也在一角吃饭。我至少还得在船上过七个日子，还不把下行的计算在内。你说，这七个日子我怎么办？天气又不很好，并无太阳，天是灰灰的，一切较远的边岸小山同树木，皆裹在一层轻雾里，我又不能照相，也不宜画画。看看船走动时的情形，我还可以在上面写文章，感谢天，我的文章既然提到的是水上的事，在船上实在太方便了。倘若写文章得选择一个地方，我如今所在的地方是太好了一点的。不过我离得你那么远，文章如何写得下去。“我不能写文章，就写信。”我这么打算，我一定做到。我每天可以写四张，若写完四张事情还不说完，我再写。这只手既然离开了你，也只有那么来折磨它了。

我来再说点船上事情吧。船现在正在上滩，有白浪在船旁奔驰，我不怕，船上除了寂寞，别的是无可怕的。我只怕寂寞。但这也正可训练一下我自己。我知道对我这人不宜太好，到你身边，我有时真会使你皱眉，我疏忽了你，使我疏忽的原因便只是你待我太好，纵容了我。但你一生气，我即刻就不同了。现在则用一件人事把两人分开，用别离来训练我，我明白你如何在支配我管领我！为了只想同你说话，我便钻进被盖中去，闭着眼睛。你瞧，这小船多好！你听，水声多幽雅！你听，船那么轧轧响着，它在说话！它说：“两个人尽管说笑，不必担心那掌舵人。他的职务在看水，他忙着。”船真轧轧的响着。可是我如今同谁去说？我不高兴！

梦里来赶我吧，我的船是黄的，船主名字叫做“童松柏”，桃源县人。尽管从梦里赶来，沿了我所画的小堤一直向西走，沿河的船虽万万千千，我的船你自然会认识的。这里地方狗并不咬人，不必在梦里为狗吓醒！

你们为我预备的铺盖，下面太薄了点，上面太硬了点，故我很不暖和，在旅馆已嫌不够，到了船上可更糟了。盖的那床被大而不暖，不知为什么独选着它陪我旅行。我在常德买了一斤腊肝，半斤腊肉，在船上吃饭很合适……莫说吃的吧，因为摇船歌又在我耳边响着了，多美丽的声音！

我们的船在煮饭了，烟味儿不讨人嫌。我们吃的饭是粗米饭，很香很好吃。可惜我们忘了带点豆腐乳，忘了带点北京酱菜。想不到的是路上那么方便，早知道那么方便，我们还可带许多北京宝贝来上面，当"真宝贝"去送人！

你这时节应当在桌边做事的。

山水美得很，我想你一同来坐在舱里，从窗口望那点紫色的小山。我想让一个木筏使你惊讶，因为那木筏上面还种菜！我想要你来使我的手暖和一些……

十三日下午五时

夜泊鸭窠围

（十六日下午六点五十分）

我小船停了，停到鸭窠围。中时候写信提到的“小阜平冈”应当名为“洞庭溪”。鸭窠围是个深潭，两山翠色逼人，恰如我写到翠翠的家乡。吊脚楼尤其使人惊讶，高矗两岸，真是奇迹。两山深翠，惟吊脚楼屋瓦为白色，河中长潭则湾泊木筏廿来个，颜色浅黄。地方有小羊叫，有妇女锐声喊“二老”，“小牛子”，且听到远处有鞭炮声，与小锣声。到这样的地方，使人太感动了。四丫头若见到一次，一生也忘不了。你若见到一次，你饭也不想吃了。

我这时已吃过了晚饭，点了两支蜡烛给你写报告。我吃了太多的鱼肉。还不停泊时，我们买鱼，九角钱买了一尾重六斤十两的鱼，还是顶小的！样子同飞艇一样，煮了四分之一，我又吃四分之一的四分之一，已吃得饱饱的了。我生平还不曾吃过那么新鲜那么嫩的鱼，我并且第一次把鱼吃个饱。味道比鲥鱼还美，比豆腐还嫩，古怪的东西！我似乎吃得太多了点，还不知道怎么办。

可惜天气太冷了，船停泊时我总无法上岸去看看。我欢喜那些在半天上的楼房。这里木料不值钱，水涨落时距离又太大，故楼房无不离岸卅丈以上，从河边望去，使人神往之至。我还听到了唱小曲声音，我估计得出，那些声音同灯光所在处，不是木筏上的头在取乐，就是有副爷们船主在喝酒。妇人手上必定还戴得有镀金戒子。多动人的画图！提到这些时我是很忧郁的，因为我认识他们的哀乐，看他们也依然在那里把每个日子打发下去，我不知道怎么样总有点忧郁。

正同读一篇描写西伯利亚方面农人的作品一样，看到那些文章，使人引起无言的哀戚。我如今不止看到这些人生活的表面，还用过去一份经验接触这种人的灵魂。真是可哀的事！我想我写到这些人生活的作品，还应当更多一些！我这次旅行，所得的很不少。从这次旅行上，我一定还可以写出很多动人的文章！

三三，木筏上火光真不可不看。这里河面已不很宽，加之两面山岸很高（比劳山高得远），夜又静了，说话皆可听到。

羊还在叫。我不知怎么的，心这时特别柔和。我悲伤得很。远处狗又在叫了，且有人说："再来，过了年再来！"一定是在送客，一定是那些吊脚楼人家送水手下河。

风大得很，我手脚皆冷透了，我的心却很暖和。但我不明白为什么原因，心里总柔软得很。我要傍近你，方不至于难过。我仿佛还是十多年前的我，孤孤单单，一身以外别无长物，搭坐一只装载军服的船只上行，对于自己前途毫无把握，我希望的只是一个四元一月的录事职务，但别人不让我有这种机会。我想看点书，身边无一本书。想上岸，又无一个钱。到了岸必须上岸去玩玩时，就只好穿了别人的军服，空手上岸去，看看街上一切，欣赏一下那些小街上的片糖，以及一个铜元一大堆的花生。灯光下坐着扯得眉毛极细的妇人。

回船时，就糊糊涂涂在岸边烂泥里乱走，且沿了别人的船边"阳桥"渡过自己船上去，两脚全是泥，刚一落舱还不及脱鞋，就被船主大喊："伙计副爷们，脱鞋呀。"到了船上后，无事可做，夜又太长，水手们爱玩牌的，皆蹲坐在舱板上小油灯下玩牌，便也镶拢去看他们。这就是我，这就是我！三三，一个人一生最美丽的日子，十五岁到廿岁，便恰好全是在那么情形中过去了，你想想看，是怎么活下来的！万想不到的是，今天我又居然到这条河里，这样小船上，来回想温习一切的过去！更想不到的是我今天却在这样小船上，想着远远的一个温和美丽的脸儿，且这个黑脸的人儿，在另一处又如何悬念着我！我的命运真太可玩味了。

我问过了划船的，若顺风，明天我们可以到辰州了。我希望顺风。船若到得早，我就当晚在辰州把应做的事做完，后天就可以再坐船上行。我还得到辰州问问，是不是云六已下了辰。若他在辰州，我上行也方便多了。

现在已八点半了，各处还可听到人说话，这河中好像热闹得很。我还听到远远的有鼓声，也许是人还愿。风很猛，船中也冰冷的。但一个人心中倘若有个爱人，心中暖得很，全身就冻得结冰也不碍事的！这风吹得厉害，明天恐要大雪。羊还在叫，我觉得希奇，好好的一听，原来对河也有一只羊叫着，它们是相互应和叫着的。我还听到唱曲子的声音，一个年纪极轻的女子喉咙，使我感动得很。我极力想去听明白那个曲子，却始终听不明白。我懂许多曲子。想起这些人的哀乐，我有点忧郁。因这曲子我还记起了我独自到锦州，住在一个旅馆中的情形，在那旅馆中我听到一个女人唱大鼓书，给赶骡车的客人过夜，唱了半夜。我一个人便躺在一个大炕上听窗外唱曲子的声音，同别人笑语声。这也是二哥！那时节你大概在暨南读书，每天早上还得起床来做晨操！命运真使人惘然。爱我，因为只有你使我能够快乐！

我想睡了。希望你也睡得好。

二哥

十六日下午八点

泸溪黄昏

（十九下午七时）

我似乎说过泸溪的坏话，泸溪自己却将为三三说句好话了。这黄昏，真是动人的黄昏！我的小船停泊处，是离城还有一里三分之一地方，这城恰当日落处，故这时城墙同城楼明明朗朗的轮廓，为夕阳落处的黄天衬出。满河是橹歌浮着！沿岸全是人说话的声音，黄昏里人皆只剩下一个影子，船只也只剩个影子，长堤岸上只见一堆一堆人影子移动，炒菜落锅的声音与小孩哭声杂然并陈，城中忽然呜的一声小锣，唉，好一个圣境！我明天这时，必已早抵浦市了的。我还得在小船上睡那么一夜，廿一则在小客店过夜，如《月下小景》一书中所写的小旅店，廿二就在家中过夜了……

明天就到廿了，日子说快也快，说慢又慢。我今天同昨天在路上已看到许多白塔，许多就河边石上捶衣的妇人，而且还看到河边悬崖洞中的房屋，以及架空的碾子。三三，我已到了"柏子"的小河，而且快要走到"翠翠"的家乡了！日中太阳既好，景致又复柔和不少，我念你的心也由热情而变成温柔的爱。我心中尽喊着你，有上万句话，有无数的字眼儿，一大堆微笑，一大堆吻，皆为你而储蓄在心上！我到家中见到一切人时，我一定因为想念着你，问答之间将有些痴话使人不能了解。也许别人问我："你在北平好！"我会说："我三三脸黑黑的，所以北平也很好！"不是这么说也还会有别的话可说，总而言之则免不了授人一点点开玩笑的机会。母亲年老了，这老人家看到我有那么一个乖而温柔的三三，同时若让这老人家知道我们如何要好，她还会更高兴的。我在辰州时，云六说："妈还说'晓得从文怎么样就会选到一个屋里人？同他一样的既不成，同他两样的，更不好。'可是如今可来了，好了，原来也还有既不同样也不异样的人！"家中人看到我们很好，他们的快乐是你想不出的。他们皆很爱你，你却还不曾见过他们！

三三，昨天晚上同今晚上星子新月皆很美，在船上看天空尤可观，我不管冻到什么样子，还是看了许久星子。你若今夜或每夜皆看到天上那颗大星子，我们就可以从这一粒星子的微光上，仿佛更近了一些。因为每夜这一粒星子，必有一时同你眼睛一样，被我瞅着不旁瞬的。三三，在你那方面，这星子也将成为我的眼睛的！

你的二哥

十九下午九时

潭中夜渔

我只吃一碗饭，鱼又吃了不少。这时已七点四十，你们也应当吃过饭了。我们的短期分离，我应多受点折磨，方能补偿两人在一处过日子时，我对你疏忽的过失，也方能把两人同车时我看报的神气使你忘掉。我还正在各种过去事情上，找寻你的弱点与劣点，以为这样一来，也许我就可以少担负一份分离的痛苦。但出人意料的是我越找寻你坏处，就越觉得你对我的好处……

夜晚了，船已停泊，不必担心相片着水，我这时又把你同四丫头的相从箱中取出来了。我只想你们从相片上跳下来，我当真那么傻想……我应当多带些你们的相片来了。我还忘了带九九同你元和大姐的相片，若全带到箱子里，则我也许可以把些时间，同这些相片来讨论点事情，或说几个故事，或又模拟你们口吻，说点笑话……现在十天了我还无发笑机会。三三，四丫头近来吃饭被踢没有？应当为我每次踢她一脚。还有九妹，我希望她肯多问你些不认识的生字，不必说英文，便是中文她需要指点的方面也就很多。还有巴金，我从没为他写信，却希望你把我的路上一切，撮要告给他，并请他写点文章，为刊物登载。还有杨先生，指杨振声先生。你也得告他我在路上的情形。我为了成日成夜给你这个三三写信，别的信皆不曾动手，也无动手机会，你为我各处说一声就得了。

现在已九点了，这地方太静，静得有些怕人。晚上风又大了些，也猛了些，希望它明天还能够如此吹一天，则到辰州必很早。我想最好我再过五天可到家……我一切信上皆不敢提及妈的病，我只担心她已很沉重，又担心她正已复元，却因我这短期回家、即刻分离增加她老人家的病痛。我心虚得很。三三，这十多天想来我已有很多信件了，我希望其中并无云六报告什么不吉消息。我还希望你们能把我各处来信看看，应复的你且为我一一复去。我这一走必忙坏了你……

三三，这河面静中有个好听的声音，是弄鱼人用一个大梆子、一堆火，搁在船头上，河中下了拦江钓，因此满河里去擂梆子，让梆声同火光把鱼惊起，慌乱的四窜便触了网。这梆声且轻重不同，故听来动人得很。这种弄鱼方法，你从书上是看不到的。还有用火照鱼，用鸡笼捕鱼，用草毒鱼种种方法，单看书，皆毫无叙述。

我小船泊的地方是潭里，因此静得很，但却有种声音恐怕将使我睡不着。船底下有浪拍打，叮叮的响。时间已九点四十分，我的确得睡了……

弄鱼的梆声响得古怪，在这样安静地方，却听到这种古怪声音，四丫头若听到，一定又惊又喜。这可以说是一首美丽的诗，也可以说一种使人发迷着魔的符咒。因为在这种声音中，水里有多少鱼皆触了网，且同时一定也还有人因此联想到土匪来时种种空气的。三三，凡是在这条河里的一切，无一不是这样把恐怖、新奇同美丽揉和而成的调子！想领略这种美丽，也应得出一分代价。我出的代价似乎太多了点……我不放下这支笔，实在是我一点自私处。我想再同你说一会儿。在这样一叶扁舟中，来为三三写信，也是不可多得的！我想写个整晚，梦是无凭据的东西，反而不如就这样好！……

二哥

十七日下十时一刻

致沈从文

碧[1]：

这几天天气太好，太阳照人温暖如小春时分，天气好得简直叫人生气。夜来一片月色，照在西窗上清辉适人。十二点，我起来给小弟弟吃一遍奶，吃完奶又把他身底下湿片换了。小东西像是懂得舒服似的，睁大了一双黑眼憨憨地笑，过后又把一只大拇指插进口中，呓呓唔唔入于半眠状态中了。小龙现在白天不睡，身上既不痒，晚间睡得沉熟，开灯轻易不会醒来。睡得红红的小脸，下部较你在时丰腴得多，头发三个月未剪，已过耳齐眉，闭着眼，蜷着身子，两只膀子总是放在被外边，身上放散着孩子特有的温香。我捏熄了灯，可是想到你白天来的两封挂号信，想这样，想那样，许久不能成寐。

这几天我想得可太多了。种种不容人只图眼前安逸，要把眼光放射得远一点。我觉得我们以前的生活方式是一种错误，太舒服了，不是中国人的境遇所许可的。一次战争，一回淘汰，一种实验，死的整千整万的死去，活着的却与灾难和厄运同在，你所说的“怎样才配活下去”，正是我想了又想的。我脑筋十分清晰，可是心难免有点乱。我不知道你此时是否在武昌，抑或已同那一群不同姓氏却同患难的亲友，经过若干风涛险滩，到了你故乡那个小乡城了。我觉得故乡虽好，却不能久待，暂时避难则可，欲图谋个人事业发展，故乡往往是最能陷人的。杨先生

[1] 沈从文曾用“上官碧”作为笔名。

事情多，恐怕也不能隐身到内地去。杨家姊弟若无处可住，你把他们安插到辰州倒好。小五弟若能回家，顶好是让他同家里人在一起；家乡不能去，你就带着他跑吧。至于我这里，你可以完全放心，不论你走多远，我同孩子总贴着你极近。

前一礼拜挂号寄出孩子相片多张，不知你是否可以得到。希望你常常想念着我们。苏州家屋毁于炮火，正是千万人同遭命运，无话可说。我可惜的是爸爸祖传下的许多书籍，此后购置齐备不可能了。至于我们的东西，衣物瓷器不足惜，有两件东西毁了是叫我非常难过的。一是大大的相片，一是婚前你给我的信札，包括第一封你亲手交给我的到住在北京公寓为止的全部，即所谓的情书也者，那些信是我俩生活最有意义的记载，也是将来数百年后人家研究你最好的史料，多美丽、多精彩、多凄凉、多丰富的情感生活记录，一下子全完了，全沦为灰烬！多么无可挽救的损失啊！我唯一的希望是大姊回乡时会收检一下我的东西，看是否有重要的应当带走，因而我们的信件由此得救，可是你来信却说大姊他们走时连衣物都未及带，我的东西当然更顾不到了。我现在的唯一希望是我们的房子能幸免于难，即或房子毁了，东西不至于全部烧毁，如有好事的窃贼，在破砖碎瓦中发现这些宝贝，马上保存起来，将来庶几可以同它们见面，我希望如此。为这些东西的毁去我非常难过，因为这是不可再得的，它们的青春，哀乐，统统在里面，不能第二次再来的！我懊悔前年不该无缘无故跑苏州那么一趟，当时以为可以带了它们到苏州避难，临回北方来时又以为苏州比北京安全，又不曾带来，又不曾交把大姊或一个别人，就只一包一包扎好放在那个大铁箱子里，铁箱既无锁匙留下，她们绝不会打开看看，真是命运！杨家姊弟到底到了没有？我挂念得很！

你那边来的信件十有九被检查，此去信件不知也被检否？请你注意一下，我的信是否按次能收到？复我。

信得后，无论你在哪里，可写信请八姊寄一百元给你，因前天已付王正仪百元。如已得，就不必提了。

祝安好。

叔文[1]

一九三七年十二月十四日晨一时三十五分

① 张兆和的笔名。

人物小传

沈从文，原名沈岳焕，笔名休芸芸、甲辰、上官碧、璇若等，乳名茂林，字崇文，湖南凤凰县人，苗族，祖母刘氏是苗族，其母黄素英是土家族，祖父沈宏富是汉族。沈从文是现代著名作家、历史文物研究家。

张兆和，中国现代女作家。沈从文先生的妻子。1932年毕业于中国公学大学部外语系。毕业后任中学教师，1949年就读于华北大学二部。1941年开始发表作品，著有短篇小说集《湖畔》、《从文家书》等。曾任北京师范大学附中、师大二附中教师和《人民文学》编辑。

苦杯（节选）

——萧红

带着颜色的情诗

一只一只写给她的

像三年前他写给我的一样

也许情诗再过三年他又写给另外一个姑娘

昨夜他又写了一只诗

我也写了一只诗

他是写给他的新的情人

我是写给我的悲哀的心的

说什么爱情
说什么受难者共同走尽
患难的路程
都成了昨夜的梦
昨夜的明灯。

人生若只如初见

“人生若只如初见，何事秋风悲画扇，等闲变却故人心，却道故人心易变。”若人生只如初见，“愿得一人心，白首不相离”便不会只是一个难以实现的愿望。若故人不曾变心，每个身在爱情中的人都会一直有幸福的感觉。

然而，就是这个“若”字，让无数人咀嚼着初见，备感凄凉。世间任何一个女子都是期望一份永恒的，谁也不能免俗。

萧红，30年代的文学洛神，她也只是一个期待爱情、追寻爱情的凡俗女人，她自然也逃不脱爱情这个命定的结束。她虽然拒绝了父母强加给自己的婚姻，带着封建家庭中女子少有的勇气毅然逃婚，但是，当她遇见爱情的时候，她便毫无招架之力了。

那是1932年的7月，连续下了20多天的大雨。怀着身孕的萧红被未婚夫汪恩甲遗弃在道外区东兴顺旅馆里，万般无奈之下萧红想到给《国际协报》写信求救，收到信的是该报副刊部的主编裴馨园。出于同情，他立即派人去看望萧红。

旅馆老板的态度很明确：只要还钱，立刻放人。派去看望萧红的人只好无功而返。一时没有什么办法解救萧红，裴馨园只好写了一封安慰信，找出几本小说让萧军给萧红送去。于是机缘巧合中，萧红与萧军结下了这段情缘。

第一次见到萧红，萧军的印象极为深刻："她整身只穿了一件原来是蓝色现在褪了色的单长衫，开气有一边已裂开到膝盖以上了，小腿和脚是光赤着的，拖了一双变了形的女鞋。使我惊讶的是，她的散发中间已经有了明显的白发，在灯光下闪闪发亮，再就是那怀有身孕的体型，看来不久就可能到了临产期了。"

萧军把书交给萧红的时候，他真的想转身离去。但是萧红的一句话留住了他："能坐下来谈一会儿吗？"萧军坐下后，萧红很坦率地说了她的经历。

在谈话中，萧军无意中发现了萧红放在桌上的一首小诗：

这边树叶绿了。
那边清溪唱着：
——姑娘啊！
春天到了。
去年在北平。
正是吃着青杏的时候；
今年我的命运，
比青杏还酸！
……

当确认是萧红所画所写的后，萧军如此形容当时的震撼："这时候，我似乎感到世界在变了，季节在变了，人在变了，当时我认为我的思想和感情也在变了……出现在我面前的是我认识过的女性中最美丽的人！也可能是世界上最美丽的人！她初步给我的那一切形象和印象全不见了，全消泯了……”

“在我面前的只剩有一颗晶明的、美丽的、可爱的、闪光的灵魂！我马上暗暗决定和向自己宣了誓：我必须不惜一切牺牲和代价—拯救她！拯救这颗美丽的灵魂！”然而，“巧妇难为无米之炊”，萧军虽然性如烈火，但这不是性烈就可以解决的问题。萧军也是个穷光蛋，又如何拿得出那六百多元的食宿费。萧军一筹莫展，如困兽一样不知所措。

于是他用了最原始的办法，一次又一次去旅馆警告老板，不可以卖萧红去妓院抵债。但是旅店老板也不是省油的灯，也软中带硬地说只要把店钱结了，立即欢送萧红。萧军又能说什么，旅店老板分明是看透了萧军的贫穷。

这是一段不堪回首的岁月。好在，老天眷顾这对苦命鸳鸯，时机终于来了，1932年秋天，松花江堤决口，哈尔滨很多地方成了一片汪洋。萧红所在的东兴旅馆，人们忙着各自逃生，也一片混乱。

在一个暴风雨的黑夜里，萧军终于把萧红从旅馆救了出来。一个流浪汉模样的汉子拖着一个孕妇，在那样的夜里奔跑，情景一定是凄惨的吧，可于当事人心里，可能却是一块石头终于落了地。

于是，他们在没钱、没房，有的只是欠一堆债的情况下热烈地恋爱了。那时，萧红什么都看不到，她眼中只有为了拯救她而发狂的萧军。萧军什么也看不到，他看到的是有着最美丽灵魂的萧红。

艾德丽安、里奇曾在《女人所生》中写道：

“不管我试图要他给予我什么，但主动提出的一方肯定是我。我感到沮丧，经常冒火，陷入了一种困境，因为他爱我，我仿佛就成了他一种必须承担的包袱。尽管给他带来的是负担，但能够被人爱，我仍然充满了感激。”

没有什么话比这段文字更能准确地描述出萧红此时的心情了。绝境之处，是萧军，这个被她称为三郎的男人把她拉了上来。在冷清的亭子间里，只有他才能安慰着两个漂泊的灵魂。见到萧军，萧红如同被一束曙光照亮。虽然当时的萧军头发蓬乱、衣衫褴褛，一副流浪汉的装扮，但并不妨碍萧红对他的信赖和亲切。当时的萧军在萧红眼里就是那根救命的稻草。

一直以来都认为萧红和萧军是一对甜蜜且苦着的鸳鸯。他们在结婚时，没有戒指，没有仪式，没有礼服，只有三郎的三首定情诗，可他们的爱情没有打折又有什么比这三首情诗更值钱的呢？又有什么比他们当初的挚情来得更真挚和可贵的呢？

如果一切在此时戛然而止，那是多么完美。然而，他们这对苦命鸳鸯却没有走到最后。

带着颜色的情诗
一只一只写给她的
像三年前他写给我的一样
也许情诗再过三年他又写给另外一个姑娘。
昨夜他又写了一只诗
我也写了一只诗
他是写给他的新的情人
我是写给我的悲哀的心的

这是段简单堆积的文字，但却写出了萧红的所有无奈和隐忍。萧红和朋友说：“我爱他，今天我依然爱他，但做他的妻子太痛苦了。”终于他们分开了。爱得深彼此伤害也深，萧军后来说："她单纯、淳厚，倔强有才能，我爱她，但她不是妻子，尤其不是我的。"萧红说："我爱萧军，今天还爱。他是个优秀的小说家，在思想上是个同志，又一同在患难中挣扎过来，可是做他的妻子却太痛苦了。"

萧红弥留之际还在想："如果三郎在重庆，我给他拍电报，他还会像当年在哈尔滨那样来救我吧。"萧红临死也没有忘记过萧军，当初萧军在暴风雨中救萧红的情景恍若便在昨日。萧军用一句诗回答了她："只是无力再援君。"很庆幸的是萧红没看到萧军的这句诗，如果看到，她该是多么的绝望。

"我将与蓝天碧水永处，留下那半部红楼给别人写了。"她的一生苍凉，心比天高，命比纸薄。

萧萧红妆，再无人可赏。

致萧军

军：

我今天接到你的信就跑回来写信的，但没有寄，心情不好，我想你读了也不好，因为我是哭着写，接你两封信，哭了两回。

这几天也还是天天到李家去，不过待不多久。

我在东安市场吃饭，每顿不到两毛，味极佳。羊肉面一毛钱一碗。再加两个花卷，或者再来个炒素菜。一共才是两角。可惜我对着这样的好饭菜，没能喝上一盅，抱歉。

六号那天也是写了一信，也是没寄。你的饮食我想还是照旧的，饼干买了没有？多吃点水果。你来信说每天看天一小时会变成美人，这个是办不到的，说起来很伤心，我自幼就喜欢看天，一直看到现在还是喜欢看，但我并没变成美人，若是真也，我又何能东西奔流呢？可见美人自有美人在。（这个话开玩笑也。）

奇是不可靠的，黑人来李家找我，这是她之所嘱。和李太太、我，三个人逛了北海。我已经是离开上海半月多了，心绪仍是乱绞，我想我这是走的败路。但我不愿意多说。

《海上述林》读毕，并请把《安娜·卡列尼娜》寄来一读。还有《冰岛渔夫》，还有《猎人日记》。这书寄来给洁吾读。不必挂号。若有什么可读的书，就请随时寄来，存在李家不会丢失，等离上海时也方便。

我的长篇并没有计划，但此时我并不过于自责："为了恋爱，而忘掉了人民，女人的性格啊！自私啊！”从前，我也这样想，可是现在我不了，因为我看见男子为了并不值得爱的女人，不但忘了人民，而且忘了性命。何况我还没有忘了性命，就是忘性命也是值得呀！在人生的路上，总算有一个时期在我的脚迹旁边，也踏着他的脚迹。总算两个灵魂和两根琴弦似的互相调谐过。

笔墨都买了，要写大字。但房子有是有，和人家就一个院不方便。至于立合同，等你来时再说吧！

祝你好！上帝给你健康！

荣子

五月九日

致萧红

吟[①]：

前后两信均收到了。你把弄堂的号码写错了，那是二五六，而你却写了二五七，虽然错了也收到。

今晨鹿地夫妇来过，为了我们校正文章。那篇文章我已写好，约有六千字的数目，昨夜他翻好四分之三的样子，明晨我到他们那里去（他们已搬到环龙路来）再校一次，就可以寄出了。其中关于女作者方面，我只提到您和白朗。

秀河很好，他每天到我这里来一次，坐的工夫也不小，他对什么全感到很浓重的兴趣，这现象很好。江西，我已经不想要他去了，将来他也许仍留在上海或去北平。寄来过一次，你的第一封信她已看过了。今天在电车上碰到了她、明，还有老太太，她们一同去兆丰公园了，因为老太太几天要去汉口。

三十日的晚饭是吃在虹他们家里，有老唐、金、白薇（她最近要来北平治病了，问你的地址，我说我还不知道）。吃的春饼。在我进门的时候，虹紧紧握了我的手，大约这就是表示和解！直到十二时，我才归来。

踏着和福履里路并行的北面那条路，我唱着走回来。天微落着雨。

---

① 潇红曾用“悄吟”为笔名

昨夜，我是唱着归来，

孤独地踏着小雨的大街。

一遍，一遍，又一遍，

全是那一个曲调：

“我心残缺……

我是要哭的！”

可是夜深了，怕惊扰了别人，

所以还是唱着归来：

“我心残缺！……”

我不怨爱过我的人儿薄幸，

却自怨自己痴情！

吟，这是我作的诗，你只当“诗”看好了，不要生气，也不要动情。

在送你归来的夜间，途中和珂还吃了一点排骨面。回来在日记册上我写下面几句话：

“这是夜间的一时十分。她走了！送她回来，我看着那空旷的床，我要哭，但是没有泪，我知道，世界上只有她才是真正爱我的人。但是她走了！……”

吟，你接到这封信，不要惦记我，此时我已经安宁多了。不过过去这几天是艰难地忍受过来了！于今我已经懂得了接受痛苦，处理它，消灭它。酒不再喝了（胃有点不好，鼻子烧破了）。在我的小床边虽然排着一列小酒瓶，其中两个瓶里还有酒，但是我已不再动它们。我为什么要毁灭我自己呢？我用这一点对抗那酒的诱惑！

偶尔我也吸一两支烟。

周处既找不到，就不必找了。既然有洁吾，他总会帮助你一切的，这使我更安心些。好好安心创作罢，不要焦急。我必须按着我预定的时日离开上海的。因为我一走，珂更显得孤单了。你走后的第二天早晨，就有一个日本同志来寻你，还有一个男人（由日本新回来的，东北人）系由乐写来的介绍信，地址是我们楼下姓段的说的。现在知道我地址的人，大约不少了，但是也由它去罢。

《日本评论》（五月号）载有关于我的一段文章，你可以到日本书局翻看翻看（小田岳夫作）。花盆你走后是每天浇水的，可是最近忘了两天，它就憔悴了，今天我又浇了它，现在是放在门边的小柜上晒太阳。小屋是没什么好想的，不过，人一离开，就觉得什么全珍贵了。

我有时也到鹿地处坐坐，许那里也去坐坐，也看看电影，再过两天，我将计划工作了。

夏天我们还是到青岛去。

有工夫也给奇和河写点信，省得他们失望。

今天是星期日，好容易雨不落了，出来太阳了。

你要想知道的全写出来了。这封信原拟用航空寄出，因为今天星期，还是平寄罢。

祝你获得点新的快乐！

你的小狗熊

五月二日

人物小传

萧红，1911年生于黑龙江省哈尔滨市呼兰区。著名女作家。被誉为“30年代文学洛神”。1935年，在鲁迅的支持下，发表了成名作《生死场》。1936年，为摆脱精神上的苦恼东渡日本，并写下了散文《孤独的生活》，长篇组诗《砂粒》等。1940年与端木蕻良同抵香港，之后发表了中篇小说《马伯乐》和著名长篇小说《呼兰河传》。

萧军，辽宁锦州人。原名刘鸿霖。曾用名刘吟飞、刘羽捷、刘蔚天、刘毓竹。笔名除“萧军”外，还有酡颜三郎、田军、三郎等。“东北作家群”的领军人物，知名的左翼作家。

郁达夫·王映霞

南天酒楼饯别映霞

——郁达夫

自剔银灯照酒卮，
旗亭风月惹相思；
忍抛白首盟山约，
来谱黄衫小玉词。
南国固多红豆子，
沈园差似习家池；
山公大醉高阳夜，
可是伤春为柳枝？

爱情本来要两人同等的感到，同样的表示，才能圆满的成立，才能有好的结果，才能使两方感到一样的愉快。

残宵无梦到横塘

1927年1月14日，新年伊始，在上海马当路尚贤坊40号，郁达夫穿着妻子孙荃从北京寄来的新皮袍登门拜访老朋友孙百刚。在这里，他第一次见到了王映霞，那个“明眸如水，一泓秋波”的女子。

王映霞本不姓王。她本姓金，小名金锁。“锁”，由金、小、贝三个字组成，意为金家的小宝贝。学名金宝琴，生于杭州。其母娘家姓王，外祖父叫王二南，是当时杭州的名士，因其母亲是独养女儿，王映霞父亲死时，她才12岁，外祖父见她聪敏又漂亮，就把她收在身边，改姓王，名旭，字映霞。王二南先生系南社社员，琴棋书画俱精，满腹经纶。从小跟着外祖父，受他的熏陶，王映霞非常喜欢古典诗词。才情加美貌，郁达夫对王映霞是一见倾心的。

王映霞始知鲁迅、郭沫若，后来才知道郁达夫，对郁的文才十分倾倒。在拜读其《沉沦》时，她对文中的大胆描写，觉得颇“有些难为情”。令她做梦也想不到的是几年后的一个偶然，竟在世伯孙百刚先生的寓所邂逅郁达夫。

自从与王映霞惊鸿一瞥后，郁达夫便深陷在爱情中，无法自拔！他终日徘徊在王映霞的窗下，频繁地给她写情书。

王映霞虽然十分仰慕郁达夫的才华，却不愿意把自己宝贵的爱情轻易地许给这个极度追求感情自由的浪漫诗人，更何况郁达夫还是一个有妇之夫，而她亦有婚约在身。于是，王映霞断然拒绝了他。

1927年，郁达夫曾在日记中写道："我若能得到王女士的爱，那么此后的创作力更要强些。啊！人生还是值得的，还是可以得到一点意义的。"郁达夫在绝望之中给王映霞写了一封绝交信，岂知第二天王映霞拿着信来找他了，并表明了心迹：愿意和他一起走下去……

1927年6月5日，郁达夫和王映霞在杭州聚丰园餐厅举行了订婚宴，向世人公开了他们的关系。1928年2月，她与郁达夫在杭州西子湖畔大旅社举行婚礼，才子佳人，名动全城。那一年，她20岁，郁达夫32岁。当时柳亚子赠诗郁达夫，其中"富春江上神仙侣"一句传诵一时。

1933年4月25日，郁达夫举家从上海迁回杭州，开始建造自己的住宅，直到第二年竣工。这座房子几乎花尽了他们全部的积蓄，郁达夫给新家起名为风雨茅庐，由他自己设计，希望这里能够成为趋避乱世的桃源之所。彼时，作为风雨茅庐的女主人，王映霞凭借自己的美貌和优雅谈吐成为杭州上流社交圈里明星般的人物，所以，郁达夫意想中的"世外桃源"很快就变成了社会名流与政界要员交际往来的场所。

然而这场轰轰烈烈的爱情并没有经得起时间的推敲，由于年龄、性格等诸多方面的原因，郁达夫和王映霞的情感世界出现了无可弥补的裂痕。从郁达夫的角度来说，安静写作是一个作家的基本固守，而推杯换盏的交际场只会让他心躁不安无所适从，逃离才是唯一的选择。搬进"风雨茅庐"后不久，郁达夫应福建省主席陈仪之邀，南下任省政府参议去了。

其间，王映霞通过郁达夫的关系结识许绍棣，许绍棣表面上是郁达夫的好朋友，但一直忌恨他，以至暗中向国民党中央呈请通缉鲁迅、郁达夫等文化名人。危急之中，郁达夫匆忙离沪避居富阳。许绍棣将郁达夫逃回富阳的消息告诉了王映霞，暗示郁达夫与原配情丝未断。于是王与郁间的温柔亲密全然不见，两人纠纷不断。

1936年，郁达夫为参加抗战活动南下福州，留下王映霞独自带着孩子和老母在富阳、丽水、汉口的漫天烽火中逃难。兵荒马乱的战争岁月，正是妻子最需要丈夫在身边共渡难关的时刻，而郁达夫的远走使王映霞感到郁达夫是一个不负责任的丈夫。

1938年7月，郁达夫从浙东前线返回武汉，汪静之前去探望却碰上王映霞与郁达夫因小事正吵得不可开交。当天晚上，王映霞离家出走。王映霞出走之后，郁达夫找不到她，便回到家里喝酒消气。无意之中，郁达夫发现了许绍棣写来的三封信，便误以为是许写给王映霞的情书，立即气急败坏地在王映霞的一件旗袍上写下“下堂妾王映霞改嫁之遗物”几个大字。

1938年7月5日，郁达夫在汉口《大公报》第四版刊登《启事》，全文如下：“王映霞女士鉴：乱世男女离合，本属寻常，汝与某君之关系，及搬去之细软衣饰、现银、款项、契据等，都不成问题，惟汝母及小孩等想念甚殷，乞告一地址。郁达夫谨启。”他还将许氏情书照相翻印寄给各路名人，使难言家丑大白于天下。

王映霞躲在好友家，郁达夫寻到此，求她回去，因他还爱着她。王映霞却不肯原谅他的所为。经朋友努力撮合，郁达夫登了一则道歉启事，把一切责任揽在自己身上。而此时，为摆脱乱局，许绍棣也迅速地与人结了婚。郁王二人勉强复合，还订下协议，决心“让过去埋入坟墓，从今后各自改过，各自奋发，再重来一次灵魂与灵魂的新婚”。但彼此心中都留下伤口。

从郁达夫的性格看，他明显带有颓废文人的气质，其处世为人，也颇有歇斯底里的倾向。这一点，在他处理与王映霞的婚姻关系中表露无遗。在郁达夫的作品中，其《毁家诗纪》一度万人争诵，主要原因是郁达夫在这些诗作中毫不保留地暴露了自己的私隐与“家丑”，包括他对王映霞“红杏出墙”的怀恨之意。而《毁家诗纪》一面世，更加深了王映霞的离意，两人长达12年的婚姻至此已到了无可挽回的地步。

也许失去了才知道可贵，王映霞走后，郁达夫非常懊悔，曾在诗中写道：

纵无七子为哀死，
犹有三春各恋辉。
愁听灯前谈笑语，
阿娘真个几时归？

几时归，永远不归了！1940年8月，王映霞离开新加坡只身返国。随后，郁达夫和王映霞分别在新加坡、中国香港和重庆三地刊出离婚启事，这场富春江上的才子佳人恋终以劳燕分飞而告结束。

1999年2月6日，王映霞在上海去世，终年92岁。

致王映霞（一）

王女士：

在客里的几次见面，就这样的匆匆别去，太觉得伤心。

你去上海之先，本打算无论如何，和你再会谈一次的，可是都被你拒绝了，连回信也不给我一封。

这半个月来的我的心境，荒废得很，连夜的失眠，也不知是为了何事。

你几时到上海来，千万请你先通知我，我一定到车站上去接你。有许多中伤我的话，大约你总不至于相信他们罢！

听说你对苕溪君的婚约将成，我也不愿意打散这件喜事，可是王女士，人生只有一次的婚姻，结婚与情爱，有微妙的关系，你但须想想你当结婚年优质产品之后，就不得不日日作家庭的主妇，或抱了小孩袒胸哺乳等情形，我想你必能决定你现在所应走的路。

你情愿做一个家庭的奴隶吗？你还是情愿做一个自由的女王？你的生活，尽可以独立，你的自由，决不应该就这样的轻轻抛去。

我对你的要求，希望你给我一个“是”或“否”的回答。

我在这里等你的回信。

达夫

十二月廿五日

上海闸北宝山路三德里人十一号

霞（二）

霞君鉴：

昨天的一日，总算是我平生最快乐的日子。我决计照昨天你所嘱咐的样子做去。此心耿耿，对你只有感谢和愉悦，若有变更，神人共击，我可以指天而誓。

杭州事未大定，你千万不可回去。在下礼拜内，我们当再玩一天，希望你能够允我的请求。我自今天起，要把生活转换，庶几可以报答你的好意。我对你如此的真诚，你若还不能信我，那是你的多疑，你要把这一种疑心丢掉才好。

你有什么不便，请你直接说与我知道，客气是生疏的时候的礼貌，我们的中间，是用不着的了。譬如你的日用起居各端，请你不客气地和我说出，我力虽微薄，心却热到沸点，能为你效劳的事情，就是丢掉生命也有所不惜。

很想做几句诗纪念纪念昨天的会谈情节，可是此调不弹已久，做不出来了。今天早晨，坐在车上，一路跑回家来，只想出了底下的几句不成调的东西：

朝来风色暗高楼。偕隐名山誓白头。好事只愁天妒我。为君先买五湖舟。

笼鹭家世旧门庭。鸦凤追随自惭形。欲撰西泠才女传。苦无椽笔写兰亭。

写给你笑笑。

达夫上

三月六日午后

致王映霞（三）

映霞：

这一封信，希望你保存着，可以作为我们两人这一次交游的纪念。

两月以来，我把什么都忘掉。为了你我情愿把家庭、名誉、地位，甚而至于生命，也可以丢弃，我对你的爱，总算上切而且是挚了。我几次对你说，我从没有这样的爱过人，我的爱是无条件的，是可以牺牲一切的，是如猛火电光，非烧尽社会、烧尽己身不可的。内心既感到了这样热烈的爱，你试想想看外面可不可以和你同路人一样，长久不相见的？因此我几次的要求你，要求你不要疑我的卑污，不要远避开我，不要于见我的时候要拉一个第三者在内。好容易你答应了我一次，前礼拜日，总算和你谈了半天。第二天一早起来，我又觉得非见你不可，所以又匆匆地跑上尚贤坊去。谁知事不凑巧，却遇到了孙夫人的骤病，和一位不相识的生客的到来，所以那一天我终天很懊恼地走了。那一夜回家，仍旧是没有睡着，早晨起来，就接到了你的一封信。——在那一天早晨的前夜，我曾有一封信发出，约你今天到先施前面来会——你的信里依旧是说，我们两人在这一期间内，还是少见面的好。你的苦衷我未始不晓得。因为你还是一个无瑕的闺女，和男人来往交游，于名誉上有绝大的损失，并且我是一个已婚之人，尤其容易使人家误会。所以你就用拒绝见我的方法，来防止这一层。第二，你年纪还轻，将来总是要结婚的，所以你所希望于我的，就是赶快把我的身子弄得清清楚楚，可以正式的和你举行婚礼。由这两层原因看来，可以知道你所重视的是名誉，其次是结婚，又其次才是两人中间的爱情。不消说我这一次见到了你，是很热烈的爱你的。正因为我很热烈的爱你，所以我可以丢生命、丢家庭、丢名誉，以及一切社会上的地位和金钱。

所以由我讲来，现在我所最重视的，是热烈的爱，是盲目的爱，是可以牺牲一切，朝不能待夕的爱。此外的一切，在爱的面前，都只有和尘沙一样的价值。真正的爱，是不容有利害的打算存在于其间的。所以我觉得这一次我对你感到的，的确是很纯正、很热烈的爱情。这一种爱情的保持，是要日日见面，日日谈心，才可以使它长成，使它洁化，使它长存于天地之间。而你对我的要求，第一就是不要我和你见面。我起初还以为这是你慎重行事的美德，心里很佩服你，然而以我这几天自己的心境来一推想，觉得真正地感到热烈的爱情的时候，两人的不见面，是绝对的不可能的。若两个人既感到了爱情，而还可以长久的不见面的话，那么结婚和同居的那些事情，简直可以不要。尤其是可以使我得到实证的，就是我自家的经验。我和我女人的订婚，是完全由我父母作主，在我三岁的时候订下的。后来我长大了，有了知识，觉得两人中间，终不能发生出情爱来，所以几次想离婚，几次受了家庭的责备，结果我的对抗方法，就只是长年的避居在日本，无论如何，总不愿意回国。——因为我对我的女人，终是没有热烈的爱情的，所以长年的漂流在外，很久很久不见面，我觉得一点儿也没有什么。从我自己经验推想起来，我今天才得到了一个确实的结论，就是现在你对我所感到的情爱，等于我对我自己的女人所感到的情爱一样。由你看起来，和我长年不见，也是没有什么的。既然如此，那么，映霞，我真正对你不起了，因为我爱你的热度愈高，使你所受的困惑也愈甚，而我现在爱你的热度，已将超过沸点，那么你现在所受的痛苦，也一定是达到极点了。

爱情本来要两人同等的感到，同样的表示，才能圆满的成立，才能有好的结果，才能使两方感到一样的愉快。像现在我们这样的爱情，觉得只是我一面的庸人自扰，并不真正的合乎爱情的原则的。所以这一次因为起了这盲目的热情之后，我自己倒还是自作自受，吃吃苦是应该的，目下且将连累及你也吃起苦来了。我若是有良心的人，我若不是一个利己者，那么第一我现在就要先解除你的痛苦。你的爱我，并不是真正的由你本心而发的，不过是我的热情的反响。我这里燃烧的愈烈，你那里也痛苦的愈深，因为你一边本不在爱我，一边又不得不聊尽你的对人的礼节，勉强的与我酬酢。我觉得这样下去，我的苦楚倒还有限，你的苦楚，未免太大了。今天想了一个下午，晚上又想了半夜，我才得出了这一结论。由这一个结论再演绎开来，我又发现了几个原因。第一，我们的年龄相差太远，相互的情感是当然不能发生的。第二，我自己的丰采不扬——这是我来生最大的恨事——不能引起你的内心的燃烧。第三，我的羽翼不丰，没有千万的家财，没有盖世的声誉，所以不能使你五体投体地受我的催眠暗示。

说到这里，恐怕你要骂我，骂我在说俏皮话讥讽你，或者你至少也要说我在无理取闹，无理生气，气你不肯和我相见。但是，映霞，我诚恳地对你说，这一种浅薄的心思，我是丝毫没有的。我从前虽因为你不愿和我见面而曾经发过气，但到了现在——已经想前思后的想破了的现在，我是丝毫也没有怨你的心思，丝毫也没有讥讽你的心思了。我非但没有怨你讥讽你的心思，就是现在我也还在爱你。正因为爱你的原因。所以我现在想解除你现在的痛苦——心不由主，不得不勉强酬应的苦痛。我非但衷心地还在爱你，我并且也非常的在感激你。因为我这一次见了你，才经验到了情爱的本质，才晓得很热烈的想爱人的时候的心境是如何的紧张的。我此后想遵守你所望于我的话，我此后想永远地将你留置在我的心灵上膜拜。我这一回，只觉得对不起你，因为我一个人的爱而致累及了你，累你也受了一个多月的苦。我对于自己所犯的这一罪恶，认识得很清，所以今后我对于你的报答，也仍旧是和从前一样，你要我怎么样，我就可以怎么样。

映霞，我这一回真正对不起你，我真累及你了。

映霞，你这一回也算是受了一回骗，把我之致累于你的事情，想得轻一点，想得开一点吧！我还希望你不要因此而断绝了我们的友谊，不要因此而混骂一班具有爱人的资格的男人。

这一回的事情，完全是我不好，完全是我一个人自不量力瞎闯的结果。我这一封信，可以证明你的洁白，证明你的高尚，你不过是一个被难者，一个被疯犬咬了的人。你对我本来并没有什么好恶之感，并没有什么的男女的私情的。万一你要证明你的洁白，证明你的高尚，有将这一封信发表的必要的时候，我也没有什么反对的抗议。不过若没有这一种必要的事情发展的时候，我还是希望你保存着，保存到我死后再发表。

最后我还要重说一句，假使我将来若有一点成就的时候，那么我的这一点成就的荣耀，愿意全都赠给你。

映霞，映霞，我写完了这一封信，眼泪就忍不住地往下掉了，我我……

一九二七年三月

致王映霞（四）

映霞：

现在大约你总已经到了杭州了吧？你的祖父母亲弟弟妹妹都好么？你或者现在在吃晚饭，但我一个人，却只坐在电灯的前头呆想，想你在家庭里团聚的乐趣。

今天早晨，我本想等火车开后再回来的，但因为怕看见了那载人离别的机关，堂堂的将你搬载了去，怕看见这机器将你从我的身旁分开，送上每天不能相见的地方去时，心里更要不快乐，更是悲哀，所以我硬了心肠一挥手就和你别了。我在洋车上，把你的信拆开来看，看完的时候，几乎放声哭了起来，就马上叫车夫拉我回去，回到南火车站去，再和你握一握手。可是走到了莱路口，又遇着一群军队的通过，把交通都断绝了。所以只好闷闷地回来。回到闸北，约略睡了一会，就有许多事务要办，又只好勉强起来应付着，一直得忙到现在。现在大家在吃晚饭，我因为早上吃得太饱，不想下去吃饭，所以马上就坐下来写这封信。

映霞，你叮嘱我的话，我句句都遵守着，我以后要节戒烟酒，要发奋做我的事业了，这一层请你放心。

今天天气实在好得很，但稍觉凉了一点，所以我在流清水鼻涕，人家都以为我在暗泣。映霞，我若果真在这里暗泣，那么你总也该知道，这眼泪是为谁流的。

映霞，我相信你，我敬服你，我更感激你到了万分，以后只教你能够时时写信给我，那我在寂寞之中，还可以自慰。我只盼望我们的自由的日子到来，到那时候，我们俩可以永远地不至于离开。映霞，从前你住在梅白克路的时候，我们俩虽则不是在一个屋椽之下，但要相见的时候，只要经过一二十分钟就可以相见。那时候即使不和你相见，我心里但想着你是和我同处在上海，同在呼吸一个地方的空气，那心里就平稳许多，但现在你却去得很远了，我一想到你，就要心酸起来。映霞，这一回的小别，你大约总猜不出要使我感到多苦楚。但你的这一次的返里，却是不得已的，并且我们的来日，亦正长得很。映霞，我希望你能够利用这个机会，说得你母亲心服，好使我们俩的事情，得早一日成功。

你的信里说，今年年内我们总可以达到目的，但以我现在对你的心境讲来，怕就是三四个月也等不得。

总之，映霞，我以后要努力了，要好好儿的做人了，我想把我的事业，重新再来过一番，庶几可以不使你失望，不使人家会笑你爱错了人。

我以后不跑出去了，绝对不跑出去了，就想拼命的著书，拼命的珍摄身体，非但为了我自己，并且是为了你。

今天头昏得很，想早点睡觉，只写到此地为止，此信，当于明天一早，由我自家跑上租界上去寄出。我希望你当没有接到这一封信之先，已经有了寄给我的来书。

映霞，再见，再见！

达夫寄自上海创造社

一九二七年四月三日晚上写

闸北虽则交通不便，但信是仍旧可通的，不过迟一点就是。

四月四日早付邮

致王映霞（五）

映霞君：

十日早晨发了一封信，你在十日晚上就来了回信。但我在十日午后，又发一封信，不晓得你也接到了没有？我只希望你于接到十日午后的那封信后，能够不要那么的狠心拒绝我。我现在正在计划去欧洲，这是的确的。但我的计划之中，本有你在内，想和你两人同去欧洲留学的。现在事情已经弄得这样，我真不知道如何是好。我接到了你的回信之后，真不明了你的真意。我从没有过现在这样的经验，这一次我对于你的心情，只有上天知道，并没有半点不纯的意思存在在中间。人家虽则在你面前说我的坏话，但我个人，至少是很sincere的，我简直可以为你而死。

沪上谣言很盛，杭州不晓得安稳否？我真为你急死了，你若有一点怜惜我的心思，请你无论如何，再写一封信给我！千万千万，因为我在系念你和你老太太的安危。啊啊，我只恨在上海之日，没有和你两人倾谈的机会，我只恨那些阻难我、中伤我的朋友。他们虽则说是在爱我爱你，故而出此，然而我伯刚那里，好几天不去了。因为去的时候，他们总以中国式的话来劝我。说我不应该这样，不应该那样。他们太把中国的礼教、习惯、家庭、名誉、地位看重了。他们都说我现在不应该牺牲，（损失太大）不应该为了这一回的事情而牺牲。不过我想我若没有这一点勇气，若想不彻底的偷偷摸摸，那我也不至于到这一个地步了。所以他们简直不能了解我现在的心状，并且不了解什么是人生。人生的乐趣，他们以为只在循规蹈矩的刻板生活上面的。结了婚就不能离婚，吃了饭就不应该喝酒。

这些话，是我最不乐意听的话，所以我自你去后，尚贤坊只去了一两趟。

此外还有许多自家也要笑起来的愚事，是在你和我分开以后做的。在纸笔上写出来，不好意思，待隔日有机会相见时再和你说罢。

我无论如何，只想和你见一面，北京是不去了。什么地方也不想去，只想到杭州来一次。请你再不要为我顾虑到身边的危险。我现在只希望你有一封回信来，能够使我满意。

达夫

二月十日午后

人物小传

郁达夫，原名郁文，字达夫，幼名阿凤，浙江富阳人，中国现代著名小说家、散文家、诗人。代表作有短篇小说集《沉沦》、小说《迟桂花》等。1945年8月29日，在苏门答腊失踪（后来默认45年为其卒年），终年49岁。1952年，中华人民共和国中央人民政府追认郁达夫为革命烈士。1983年6月20日，中华人民共和国民政部授予革命烈士证书。

王映霞，中国浙江杭州人，当年“杭州第一美人”。王映霞一生中的两次婚事都轰动全城。1928年2月，她与郁达夫在杭州西子湖畔大旅社举行婚礼，那一年，她20岁，郁达夫32岁。多年后离婚。1942年4月4日，与钟贤道在重庆举行盛大的结婚典礼。王映霞晚年回忆：“如果没有前一个他（郁达夫），也许没有人知道我的名字，没有人会对我的生活感兴趣；如果没有后一个他（钟贤道），我的后半生也许仍漂泊不定。历史长河的流逝，淌平了我心头的爱和恨，留下的只是深深的怀念。”

白薇致杨骚

我脑筋里的你：

不知道是一阵无影无形的清风？

是一片将未灭的烟影？

是电灯下的宝石一样，

闪闪不可思议的宝光，

丝丝射注我身上？

还是彼此俱无，

而会是一块虚幻的真空？

一份吃力的爱情，
耗尽了她的一生，
也许她的苦恋苦等，
只是为了亲手了结自己的爱，
为了自己梦想的心。

为了爱的缘故

父亲是封建卫道士的捍卫者，母亲是一手遮天的强悍妇人，小白薇不肯嫁的哭求，理所当然地遭到了拒绝。

16岁的年华，如娇嫩的花被拦腰掐断，那一年白薇披上了嫁衣，也戴上了枷锁。目不识丁的丈夫丧心病狂地夹她手指，施以家暴，歹毒的婆婆咬断了她的一根脚筋。不堪虐待的白薇在舅舅的帮助下逃到长沙第一女子师范学院求学。但就在毕业的时候，她的婆家人找了一帮亲戚，埋伏在大门口准备将她绑架回去。不愿重回到那个可怕炼狱的白薇在同学和妹妹的协助下，从学校的后门翻墙而逃，最终逃离了年幼一碗面条定下的终身，登上了开往日本东京的船舶……

日本，那个遥远的国度，在白薇的幻想中，应该有樱花飞舞的浪漫、伊豆温泉的温暖。但现实很快给了她沉重的一击。在这里，现实依然是那么的冷冰冰，她要面对的生活，远没有她想象得那么美好。

家人为了逼迫她早日回国，断绝了对她的经济援助。在沉重的经济压力之下，苦闷的白薇一度精神抑郁。然而，白薇没有屈服，虽然孤苦伶仃漂泊在异国他乡，总好过回到那个地狱般的婆家。于是，白薇一边打工维持生计，一边复习功课。什么苦活累活她都干过，咬紧牙关，她最终如愿地进入了东京女子高等师范学校，读生物学，挺过了最难熬的一段时间。

1924年，春暖花开的时节，30岁的白薇在樱花漫天的东京，邂逅了一生心爱心疼心痛的杨骚，一个诗人的杨骚，一个风流倜傥的杨骚。

遇上了、爱上了的那年，东京郊外，如诗如画的山谷，如醉如痴的身影。白薇淡蓝色的连衣裙湖水一样的雅静，杨骚的黑披风猎猎作响，仿佛有远古之爱力雄起。一切都如身在童话的国度，美到无法呼吸。

杨骚的出现，燃起了白薇对生活的憧憬，那是一种新的希望，“我以为一天有他，我的精神就是活的，我的力量会十倍地充实起来。”她如是说。白薇的到来，开启了杨骚的新世界。“我要为了你更加努力……”他信誓旦旦。于是，“两个寂寞而狂热的灵魂，终于像暴雨中闪烁的两股闪电，完全融合在一起了”。

暖暖的初夏，暖暖的爱，相拥相偎相陶醉，白薇以为这情这爱会生生死死，他就是她的梦想她的期待。然而，爱情从来都不会如此圆满！

白薇是个敢爱敢恨的女子，她一旦爱上了，便如飞蛾，全力以赴。然而，这样热烈的爱不是所有男人都能承受得起的。白薇轰轰烈烈的爱情方式，让杨骚突然生出几分害怕。他喜欢的是那种欲说还休的少女情怀，他越来越无法承受这份把人勒得喘不过气来的爱情……1925年春天，在白薇近乎窒息的情感压力下，杨骚逃跑了。他没有和白薇道别，没有留下只言片语，一声不响地独自回国，来到了杭州。

面对杨骚的离去，白薇的世界突然分崩离析。她看不到春天里有什么希望的萌动，纤弱的她跌倒、昏死。从此，她戴上了深爱着的人赐予的枷锁，无法解开。日子已经过得不是日子，相思的心碎一地，看一眼是血，再看一眼，又像长出血样的梅。

“中夜雨，明月何时出？雨洒悲尘悲越新，病扰脑筋脑更病。假睡终夜，合着帐望西湖的眼睛，心震震，可不是你在湖滨送来的叹声？啊！我丝丝垂着的发端上，都吊着一位青衣曼陀阴郁的诗人你！我眼仿佛迷惑在海底，手被风妖雨怪拖去似的……”思念如潮水般蜂拥而至，情书好似东京纷纷扬扬的樱花，和着泪水，一封封从东京出发，固执地飞到西子湖畔。然而那么多信都如泥牛入海，杳无音信。

最后，贫病加交的白薇，那个高傲倔强的女子，即使在最困难的时候也没有妥协的她，为了一个至爱的人，哀三求四，好不容易向一个亲近的人借了一只金镯当了70元做回国的盘缠，日夜兼程、不顾一切地赶回杭州，历经千辛万苦，辗转打听到杨骚的住处。

那日，当杨骚打开房门，看到站在门外一脸兴奋的白薇，他的整颗心顿时坠入谷底。白薇还沉浸于见到恋人时的激动情绪，完全没有留意到杨骚的微妙变化。她喜极而泣地扑进了杨骚的怀中：“你吓到了吗？我没有告诉你，其实就是要给你一个惊喜！”杨骚无可奈何，他除了惊，并无半点的喜可言。

白薇在杭州待了几天，不知道该如何面对她的杨骚，只得找各种理由怠慢她。他每天不是去会朋友，就是要去应聘，或者参加诗社，把白薇一个人孤零零地扔在旅馆里。有时候白薇逼得太紧，他会哄她说，让她在旅馆乖乖地等着，第二天他会带她游西湖。

白薇在旅馆里等了一天又一天，哪儿都不敢去，唯恐与杨骚走岔了路。但是，直到第三天，杨骚也没有来。心急如焚的白薇担心杨骚出了什么事情，再到杨骚租的房子那里去找，居然看到大门紧闭。听房东讲，杨骚回了福建漳州的老家。

白薇的心骤然从云端跌落，那个男人再次不告而别，她这才发现他可能根本不愿意见到她。黯然神伤的白薇只身回了日本。但是漳州自此在白薇的心中，成了一个闪闪发光的城市。她写了一封又一封的长信寄到杨骚的老家，却都如石沉大海。此时的杨骚已经前往南洋淘金。

身孱弱、心碎裂的白薇，又一次枯木般倒下了，终日以泪洗面。她没钱交房租，没钱交药费，连吃饭都没钱。神情恍惚中，还是只有一个名字念叨，以为暖着，还是冷了的名字。

无奈中，白薇卖了一部诗剧作品，困境解除，悲凉返日。白薇有着激情、痛苦而又无比坚强的灵魂，她没倒下，带着累累伤痕，倔强地发出了铿锵的呐喊："人无心，宇宙昏，我受不了这些凄风厉雨的摧残，我要发狂了！我闷、我哭、我跳、想死。死，我不！我要和世界这一切恶毒宣战！我要革命！"

后来，当白薇辗转回上海，杨骚也从南洋抵达上海。此刻的他一贫如洗，狼狈不堪。他得知白薇也在上海后，便迫不及待地去见她。出现在白薇面前的杨骚失去了往日的骄狂，只是疲倦和歉疚。白薇总是善良，杨骚总是睿智，她又做了感情的俘虏。她又要了还是放不下，给予她痛苦多多、幸福少少的杨骚爱弟，还是忍受他风云一样的善变，让自己胆战心惊。她爱得执着，爱得深切，爱得几乎不要了自己的倔。也许每个人有每个人对爱的理解和需求吧！

那段时光，对白薇来说是最快乐和开心的。她和杨骚认识了鲁迅先生，一起成为鲁迅主办的《奔流》杂志的主要撰稿人。鲁迅知道他们的情侣关系后，总是刻意地将他们俩的稿子排在一起，这种排稿法在《奔流》杂志上持续了很长时间。

在鲁迅先生的帮助下，白薇迎来了自己的创作黄金期，她以火力强劲的文字，向当时的社会扔下一枚枚炸弹，先后写出了《打出幽灵塔》、《炸弹与征鸟》、《爱网》等佳作。杨骚的作品也频频问世，是当时文坛的活跃人士。二人都达到了文学创作上的高峰，成绩斐然，被誉为"左翼戏剧初潮的一对海燕"。

1928年年底，他们照了婚照、发了请帖，白薇以为自己的爱情终于守得云开见月明了吗，可是杨骚却在结婚当天又一次退缩了。他害怕自己被婚姻束缚住手脚，最终没有出现在婚礼上，当了逃跑新郎。

白薇伤透了心……但出走几天后，当杨骚再次回到了白薇的身边，她还是选择了原谅。这个坚强的女人在爱情里完全失去了自己的原则。

杨骚曾经在自己与白薇的一张合影照背面题诗：流的云，奔的水，多少峰峦飞，多少浪花碎，多少风的叹息，多少雨的泪，多少地火飞迸，多少天星坠……他们俩的爱情，的确如诗里所言，总是激烈跌宕。

1930年，白薇和杨骚的感情又生变故。因为凌琴如来到了上海，她是杨骚的初恋，是他心里一直念念不忘的女人。杨骚每次去探望凌琴如，都让白薇嗅出一丝不安的气息。

白薇终于醋意大发，她曾经找上门去对凌琴如发难，同时以凌厉之笔对杨骚展开情书攻势。她的这种方式让杨骚开始反感。白薇在情书中写道："爱弟，我非爱你不可，非和你往来不可。你要尊重我的无邪气，不要把我无邪气的可爱的灵魂杀死！"

当时，杨骚的一位朋友曾如此评价他们的爱情："他们在一起，白薇好的时候是好得不得了，变脸也快。杨骚有甜蜜的时候，但我看更多的是痛苦……"

其实对白薇来说，守着这个空心的男人，她的痛苦也多于幸福。因为无论白薇如何浓情蜜意，晃动在杨骚心中的那个倩影却总是挥之不去。一次次的背叛，历经众多波折，白薇已疲惫不堪……1933年8月，白薇与杨骚的情书集《昨夜》出版，白薇是想用这本书给两人的感情画上一个句号。

有首歌唱过："那一夜，是谁没有睡，叫醒了一朵红蔷薇。"红蔷薇，容易让人想到残酷而美丽的爱情。那么白蔷薇呢，是失血的红蔷薇吗？这样的解释，仿佛很适合白薇。

之后，白薇的身体一直很糟糕，她终于病倒入院了，要接受手术治疗。医生说手术成功率很低，白薇想到了最坏的结果，她决定要写出一部自传。那段时间，她躺在病榻上，把稿纸铺在膝上、墨水瓶挂在颈上，笔耕不辍。四个半月后，白薇的自传体长篇小说《悲剧生涯》完稿了。手术治疗也非常成功，她奇迹般地活了下来，并且身体也在渐渐康复当中。

重新找回自我的白薇，决定不再和杨骚纠缠下去，她干净地切断了两个人的情感，积极地投入到抗战的队伍当中。1940年，白薇到达重庆，在郭沫若领导的文协工作。巧合的是，此时的杨骚辗转多地后，也来到了重庆。或许是时间的沉淀让杨骚成熟了。看着这个曾经深爱过自己的女人，他的内心充满了愧疚。他多次请求与白薇重新开始，让他来好好爱她，白薇都拒绝了。

不久，体弱多病、生活困窘的白薇患了热病，她发高烧、说胡话。这次，杨骚趁着白薇发高烧糊涂的时候，把她抬到了自己的书斋，无微不至地照顾她，七天七夜寸步不离。但是，当白薇清醒过来之后，她却挣扎着要离开。杨骚苦求她："往日全不知道爱你，现在才开始真正知道爱你了。我既然变成了好人，你就再和我好起来算了，我绝不再变心，使你再痛苦。"

但是，"哀莫大于心死"的白薇，无论自己怎样地以为病快快地风吹了去，无论杨骚多么殷勤周到地照顾，哪怕七天七夜的周全，她还是拒绝"怜"爱。不理解的人还说白薇不接受的"无情"。田汉夫人安娥却非常理解白薇，她说："当我确定知道白薇拒绝了杨骚的'怜'爱后，我更相信白薇的自尊，白薇的人格的完整、美丽！"

浮生如梦，为欢几何。他们的爱情，最开始像是一件华丽的衣裳，炫眼耀目，可满路的荆棘却不能不刮破了它，蹂躏了它。虽然一路上，他们缝了又缝，补了又补，可这爱情还是当初的爱情吗？种种忌妒、埋怨、愤恨纠缠其中，当初柏拉图式的爱情理想升到半空，就已然破灭了。

此后的白薇再也没有恋爱、结婚，一段情已经让她伤筋动骨，她再也爱不动了。晚年的她一直住在北京和平里一个居民区里，一个人安静地生活着。

1983年夏天，杨骚的儿子杨西北为了写父亲的传记而去采访白薇，他说自己是从漳州来的。白薇立即道："我从前的爱人是漳州人……"她又微笑着补充，"我只有这个爱人。"

是的，在白薇的一生当中，她唯一爱过的只有杨骚这一个男人。1987年8月，白薇孤独离世。她和杨骚的这段写满了曲折和恩怨的故事，最终是她人生中唯一的爱情主题曲。"白薇"是她给自己取的笔名，白薇也是一种多年生草本双子叶植物，味苦，性寒。白薇用自己漫长的一生，诠释了这味药材的本质……

白薇与杨骚之间的情感纠缠了20多年，终究是无言的结局。爱慕白薇的男人不是没有，她却在一份吃力的爱情里，耗尽了一生。也许她的苦恋苦等，只是为了亲手了结自己的爱，为了自己梦想的心。

致杨骚（一）

维弟：

花若是开到百日，总带些丑态和平凡。我是个纯粹的感情家。我又体验过最美而热烈的感情的生命，都像娇嫩的朝彦花一样短促。

前昨两天，盼望甚么似的，毕竟你不来！我的心突然像坠落的火星一样的冷了。连夜不能成眠的病，昨夜变成了睡乡之魂。自做了晚礼拜一直睡到今早做礼拜还没有醒。

亲爱的维弟，你来吧！我还处在我盼望波澜，星期二和星期三下午在寮候你。过此不来，你虽坐在我瞳孔上，于我不起感觉——我想。

我这里虽像修道院的趣味，一进墙篱，却有超然尘世之感：寒花秋木遍地，在颇绮丽的应接室的窗前是疏竹潇洒可爱。维弟，你来哟！但是随你。

你怕不能说话么？又不叫你来当外交官，弟弟，你的信还有话写哩。我像进了净土的殿堂，没有一句话可说，也没有一句话可写。真是。

现在我的状态，闭煞眼睛，宇宙、人生、真理、美，什么都空，仿佛我本身也渺然化了；睁开眼睛，又当高兴的时候，好像万物都向我微笑，我对于它们每一件，都有忻忻相结的爱情。

爱弟！我们明天或后天见面，我脑筋里的你：不知道是一阵无影无形的清风？是一片将未灭的烟影？是电灯下的宝石一样，闪闪不可思议的宝光，丝丝射注我身上，还是彼此俱无，而会是一块虚幻的真空？

所以，弟弟，我比你还不知道说话哩，只是奇想……

白薇

星期一早十点零六分

致杨骚（二）

维弟：

来信辨不出是铛铛唤醒阴魂登场的警钟，还是有人在叫我的优美的肉音？醒来把真珠似的文句再看再三看，却像我自己遗在花间草间的血痕。

维弟呀是你！我和你有一层世界的隔离，何以同是撒出真珠粒粒？

你不过是有时候像从荒冢里爬出的幽灵，荒冢乃是我永远安息的土地。我不知到了这里有多久，也懒问现今是何年何日。把轰轰烈烈美丑竞争的人世间，忘却不救一滴。统计我过去的生涯，没有一文价值。你为谁记起我来？我哪点值得你来欢喜？你怕是弄错了吧？你不是做梦吧？我和你有生死的区别。

只是呵维弟！我还不曾见过你，心里便喜欢笑。默默地，常常想，想你好像能和我做朋友，而且会是一副天使心肠的交际。

初春，我还没有被大病危害之前，我以你的材料，拟了一幕“雪夜里的哀声”的剧。本想作成寄你，虽不知道你的名字，也不怕你笑死。

今早我正要坐在翠绿的群峰下做画家荒川女史的ModeL的时光，忽然接你那么一封信，唤醒了我的迷灵。真呢梦呢？心脏跳跃跃地总在怀疑。我喜欢你，我真是喜欢你，敬爱的维弟。我孤哀哀的凝结在冰冢中，有时候也还将万恶的人世记起。因为那装满浊物的人世间，还有个拳拳系念的P.弟。维弟，你记起我么？我也碰着了人间的呼息！你想把我拉到人间来大家欢喜做朋友么？感谢你！只是我全身的机关，都被病魂毁坏了；我玫瑰般红艳艳的热血，全被凶涛冲散了；我没有立得起的力量了。你眼前摆个残疾的朋友，不疑是坟墓里的红发鬼么？

维弟，你就总不给我一个字，我心里也深深地刻着你是我“很要好的一个朋友”那一件事。

薇
灯下

致杨骚（三）

维弟：

接你第二封信，似乎要回信，说破你的悲哀，似乎不必回信，恐怕增你的烦感。总之，我不想回信，等到九月回京也不想写信，而且无论到何时都不想写信，可以说：是我再不想给你的信。

“啊，残酷！残酷！悲惨啊！”你不又是要一只眼睛一条泪丝这么样叹息么？天为凡俗人纳污垢，创造蔚蓝的脏水海；天为感情家集幽芳，创造澄碧的泪泉川。海水不深，沉不尽无量数的热闹的丑恶；流川不深，浮不起明星寥落的艺术。你有多少碧莹莹的玉髓？你有多少鲜丽丽的珠精？流吧！流吧！你爱流尽管流呀！流到最终的那一滴，始与泪天沉默着的先辈聚集。

啊，嫩绿绿的青年！你也爱了涅么？你也喜欢无爱憎无欢乐么？你忍看泪水滴滴流尽：为的追求爱之光明。你怎甘与醉迷迷的春光割爱？你怎舍得丢了光怪陆离的世界，来过这冷寂的生涯？美之追求的宇宙迷儿哟！你想这是美之所归？这里原是绝灭境界。芳艳到此寂然，满目只剩墓天，无爱无憎无悲亦无欢，所谓是涅。等你来到沉寂的泪天会面时，先辈会这么询问你，我也会这么询问你。因为我也是你先辈中的一人哩。

维弟，你还爱一息之生机，泪是不可多流的。哀伤是破坏美的枪弹；哀伤是引人认识涅的妙谛。敬爱的维弟！你看到我这信，你该知我不仅是丧失了傀然一身，连悲哀也一片不残存。我常常自己发问不知道我是鬼还是人？又觉得我多少有些佛性，悲伤是一片也不残存。你殷勤劝我的话，是不是多劳了神？

当我被悲哀左右死生的时候，中国书只有一部《楚辞》，能慰慰楚楚凄凄的心；当我沉沉寂寥的时候，听人家淅淅的流泪声也能警醒亡灵。总之，我为你弄得不安了，不得不回你这一个信，维弟哟，假定我是人，我们有丝丝相结的精神，要交际就交际，何须求呢？何况我本爱你，我久已是无邪气的爱你，我只愿你一件：愿你像P.和T.他们一般！随便交游，随便往还，爱的时候恨不得抱成一块，吵的时候也不防闹得破天。不必定个甚么目标，更不必作条死呆呆的界线。想会面可以常常相见，不高兴的时候永远不必再相见。望你不要想得太长，也不必想得太短。横竖人生仿佛浪花，全靠积一瞬间一瞬间的虚幻。

轻井泽是避暑的天国，它的美处想等你来描写。你和T.、P.他们来吧！我很盼望。T.、P.他们或者困难，你应该不困难。你一个人不能来么？你丢不了你们的新乐园么？这里还有许多贷间，景色之美丽幽玄，不由你不疑此土是仙境而你是神仙。你来！我们同游奇山，去洗温泉不好么？早晚一块儿往群芳竞放的原野，在黄莺回啭的密林下散步不好么？无论如何请来吧！我在等你。

薇

八月四日

致杨骚（四）

维弟：

我告诉你一桩怪事：我忽然信起宗教来了，昨晚十一点半钟的时光发见的。当我感到这一层，心里碎裂作奇痛，合掌胸前，流出沉痛的泪水，虔敬地默祷一次又一次。苦痛的代价，给我明白宗教的意味之广大，心田清凉甜蜜地，看世界如掌心底小珠。

近来我常常这样想：无论怎样也与我头脑不起关系的宗教，将来我会信它吗？或者会信，因为宗教是人生最后的归宿。

入寮以来，虽是每早晚要做礼拜，我心目中，不曾有一回有耶稣基督的印象，她们在诚心祷告时，我心上不知道想着些甚么花花彩彩。

昨晚几十个可爱可怜的姊妹，一同做了点多钟的礼拜，我哩，变了一只悲哀的孤鹤，在惨淡的云间——她们的头上逍然飞舞。归室缝着寒衣，不知道怎么会起这种想头？若是换一个时间，我要自己尽量笑骂自己。然而我是严肃而虔敬的。

弟啊，我坚信我永远不会相信我所嘲笑的宗教；但不知不觉中，竟如上帝跑进我怀里了。这是为什么呢？为人生绝顶的悲哀。

“神啊，愿你诉我并特别地诉他！”我重重复复这么祈祷了。

“神啊，愿你给我认识一个永远的男性！恳愿你为世界创造些永远的男性！替我除却世上无永远的男性的大悲哀！”我恳切地祈愿了。

我常对我的妹妹说：世上没有可信的男子，我誓不再爱人了。她说：何不用金银定铸一个？

薇

十月十三日朝

致杨骚（五）

维弟：

爱的维，如果你也真的在爱我，你应该会感着我今天一天为你烦恼的心罢？

在爱的火开始燃烧的时候，即使怎样苦，也像蜜一样的甜。如能为你疯成真的狂人，我是怎样的幸福；只想为你死去呵！

爱弟，你所说的话我都能够谅察。你现在的心理状态，正如我今年正月的心理状态一样。我由一场的热病，把“死”本身愉快地烧死了。我觉得过去，悲哀，理性，现实界的一切，都在炎炎地燃烧着的净火中烧掉，而只剩着纯粹的血清在心里营着不可思议的作用，形成了现在这个无邪气的我的躯体。所以现在的我只是个小孩子，我对你的爱是天真的。

维弟，我的小朋友，好像天使般地和我交际罢！不然，我会哭，不断地哭。

不待说我最初对你的爱就觉得有点奇怪，但你不也是同样吗？可是明了地说起来，我们远是无邪气的爱的成分多几倍。

爱弟，我非爱你不可，非和你往来不可。你要尊重我的无邪气，不要把我无邪气的可爱的灵魂杀死！不要认我的爱单单是男女间的恋情。晓得吗？

我奇妙地接受了你的接吻。但那和小孩从慈爱的母亲所接受的一样，不是男女恋情的接吻。男女风情的接吻是远躲在很远很远的秘密世界的。因为你现在微弱的爱远弹不起我的心弦。但我的爱你是深深的，强烈的。

你好像从星的世界飞落来探寻我的心一样。我看到你那水晶样的光明，越觉得寂寞，觉得无边的寂寞。不，我不爱了，决不爱你了。等得一二年，尸骸都要腐朽。你不知道过热爱的日子，一天要比三天长哩。在爱的上面没有理性，我无我地想服从你的命令，就是苦也服从；但，不，不行，服从不情理的命令是可笑的。

尝过种种苦痛的我，是不怕什么命运的，等，等，等几年几千万年的这种蠢念我不来。我生来是顽强，我要怎样就怎样，我还是任自己的心意行事罢。

维！愿你让我们的运命自然地轮转下去罢！

白薇

十月十八日

致白薇

素姐：

据西湖传来的消息，西湖连连下了七八天大雪。因此，我幻想着那湖山不晓得有怎样的奇丽，而懊悔不早点回国！如果我是混在那白梅花般的雪队里，和她们一同飞舞起来，是怎样的有趣而快乐呵！我这次不能臣在白雪疯狂的西湖怀抱中，比失掉十个恋人还觉得悲惨些！怎么办呢？啊，我想喝酒！

你的病好了吗？我很欢喜得到这个消息，愿你以后永远健康。我的感冒和牙痛也渐渐好起来了，请免介意。

永远的友人？你问我能不能和你做永远的友人吗？当然能够。这不正是我所希望的吗？亲爱的素姐，以后就互相欢欢喜喜地做最好的朋友罢。

我虽然不能生在记忆里，但我好像为着创造记忆生的样子。我未尝有过一次，把自己所爱的东西紧紧地握在手里享受过；要紧紧地握它的时候，它便变成空虚了。残留的只是存在脑底的微微的香气。而这个香气时时要使我叹息，使我微笑，又使我发生新的希望。啊，我是怎样的蠢、怎样的空啊！可是，这种香气在我不管是怎样的空和多事，我还是希望它能够多种多样地包围我。乘着前面滚来的浪花浮，越过前面滚来的浪花浮，这样地浮，浮下去，莫不就是我们共通的命运吗！

你赠给我的红海棠，虽我何时都插在有水的花瓶中，但还是逃不出死神的法则。现在她是在临终的状态中，萎缩的头惨淡地低垂着，再不能正视我的瘦姿了。不，从最初她就未曾正视过我的样相也未可知。因此，我目送着她渐渐消失下去香色，也不曾流眼泪。然而，素姐，感伤还是会的，我始终是个浅薄无聊的感伤家啊。可是，我们现在已经得到新生的路了，这样一想，我就欢喜起来。欢喜罢，素姐，决不要流泪！泪这个东西，有时候像是天国的珍珠，但有时候是地狱的血滴。我喜欢它，同时诅咒它！

写到此地，接到了一封信；把那信看完了后，把想对你说的话而还未写出来的通通忘记了，真糟糕，现在就算了罢。

你说要看我的作品吗？你不是看过我的一些诗、感想录，以及许多无聊的文字了吗？可是我还未看过你的什么文章一次，因为你不肯给我看。现在是这样，你的剧本不先给我看，我是打算什么也不再给你看了。不然的话，我不是太过公开，而你太过秘密了吗？

又，你说很想见我吗？不必看也罢，我的样子和从前一样只有一点点不同，因为牙痛右颊稍肥肿了一些。如果真的非常想看，又没有钱坐车，那么我就把我此刻的脸孔画在纸上给你瞧好了。

你的维弟

十一月二十日夜

人物小传

杨骚，著名诗人、作家，中国左翼作家联盟成员，中国诗歌会发起人之一。1938年加入“中华全国文艺界抗敌协会”，1939年参加“作家战地访问团”到抗日前线访问，被誉为“抗战诗星”。

白薇，女，原名黄彰、黄鹂，别号黄素如，生于资兴市渡头乡秀流村，是20世纪30年代全国著名女作家和“左翼作家联盟”早期成员。有资料称其最早笔名为白微。

瞿秋白·杨之华

《秋之白华》

——电影

常恨言语浅，

不及人意深。

今朝两相视，

脉脉万重心。

我只是想着你，
想着你的心——
这是多么甜蜜和陶醉。
我的爱是日益的增长着，
像火山的喷烈。

秋之白华

瞿秋白与杨之华在结婚前，各有一段婚史。

1923年8月，瞿秋白与他的第一任妻子王剑虹相识相爱，1924年1月，与之结婚。不幸的是王剑虹身体不好，婚后半年就病故了。

杨之华的第一任丈夫叫沈剑龙，是萧山近代名人沈定一之子。杨之华与沈剑龙的家，都是当地名门。两家相距不远，经常来往，算是世交。他们自幼相识，经由双方父母订婚，于1926年1月26日结婚，同年11月5日，杨之华产下一女，名沈晓光。后来杨之华为之改名独伊，即我们所知的瞿独伊。

杨之华是大家闺秀，又有新女性的热情，拥护妇女解放，渴望志同道合的感情。然而她就读上海大学之后，丈夫却在家乡拈花惹草。杨之华多次给丈夫写信，他也只字不回，最后到了不得不分的地步。

瞿秋白算是杨之华的老师，他风度翩翩、知识渊博，在师生中声望很高。杨之华第一次听瞿秋白的课，就对他留下了难以忘怀的印象。王剑虹去世后，杨之华对瞿秋白的崇敬渐渐转变为爱情。此时，她和自己的丈夫已经从思想上、感情上都分道扬镳了，她鼓起勇气向瞿秋白表白了心迹，瞿决定和她一起回老家与丈夫离婚。

谁知在萧山瞿秋白与沈剑龙一见如故，瞿秋白的才华与人品让沈剑龙十分仰慕，然而面对复杂的感情问题，内心又充满矛盾。于是三个青年经过几天长谈，彼此推心置腹，互诉衷肠，最终达成共识。于是，1924年11月，在邵力子主办的上海《民国日报》上同时刊登了三条启事：一时瞿秋白和杨之华的结婚启事；二是沈剑龙与杨之华的离婚启事；三是瞿秋白与沈剑龙结为好友的启事。

这几则很难让常人理解的启事一面世，立刻成为了当时极轰动的新闻。

1924年11月7日，“十月革命”纪念日这一天，瞿秋白与杨之华在上海举行了结婚仪式，参加婚礼的人大多数都是当时有名的文化人，沈剑龙也亲临祝贺。更有意思的是，沈剑龙送给瞿秋白一张六寸照片——沈剑龙剃光了头，身穿袈裟，手捧一束鲜花，照片上写着“鲜花献佛”四个字，意即他不配杨之华，他把鲜花一样的杨之华献给瞿秋白。

有一次刻图章，瞿秋白对杨之华说：“我一定要把‘秋白之华’‘秋之白华’和‘白华之秋’刻成3枚图章，以示你中有我，我中有你，无你无我，永不分离。”

瞿独伊说：“为了纪念他们的结合，父亲在一枚金别针上亲自刻上‘赠我生命的伴侣’7个字，送给母亲。这一爱情信物，后来伴随母亲度过了几十年风风雨雨。”

曾有人问杨之华，为何瞿秋白牺牲后不再婚，她这样回答：“再没有人比秋白对我更好了。”

1955年，经过20年的努力寻找，杨之华终于在福建长汀找到了瞿秋白的骸骨，并运回北京，隆重地安葬在八宝山革命公墓。周恩来总理亲笔题写了“瞿秋白之墓”的碑铭。杨之华的心得到了安慰。她怀念、铭记着瞿秋白，直到自己生命终了。

致杨之华（一）

之华：

今天接到你二月二十四日的信，这封信算是走得很快的了。你的信，是如此之甜蜜，我像饮了醇酒一样，陶醉着。我知道你同着独伊去看《青鸟》，我心上非常之高兴。《青鸟》是梅德林的剧作，俄国剧院做得很好的。我在这里每星期也有两次电影看，有时也有好片子，不过从我来到现在，只有一次影片是好的，其余不过是消磨时间罢了。独伊看了《青鸟》一定是非常高兴，我的之华，你也要高兴的。

之华，我想如果我不延长在此的休息期，我三月八日就可以到莫斯科，如果我还要延长两星期那就要到三月二十日。我如何是好呢？我又想快些快些见着你，又想依你的话多休息几星期。我如何呢？之华，体力是大有关系的。我最近几觉得人的兴致好些，我要运动，要滑雪，要打乒乓，想着将来的工作计划，想着如何的同你在莫斯科玩耍，如何的帮你读俄文，教你练习汉文。我自己将来想做的工作，我想是越简单越好，以前总是“贪多少做”。

可是，我的肺病仍然是不大好，最近两天右部的胸膛痛得利害，医生又叫我用电光照了。之华，《小说月报》怎么还没有寄来，问问云白看！

之华，独伊如此的和我亲热了，我心上极其欢喜，我欢喜她，想着她的有趣齐整的笑容，这是你制造出来的啊！之华，我每天总是梦着你或是独伊。梦中的你是如此之亲热……哈哈。

要睡了，要再梦见你。

秋白

二月二十六日晚

致杨之华（二）

之华：

昨天接到你的三封信，只草草的写了几个字，一是因为邮差正要走了，二是因为兆征死的消息震骇得不堪，钱寄到的时候，我都不知道！（三十元已接到。）

整天的要避开一切人——心中的悲恸似乎不能和周围的笑声相容。面容是呆滞的，孤独的在冷清清的廊上走着。大家的欢笑，对于我都是很可厌的。那厅里送来的歌声，只使我想起：一切人的市侩式的幸福都是可鄙的，天下有什么事是可乐的呢？

1922年香港罢工（海员）的领袖，他是党里工人领袖中最直爽最勇敢的，如何我党又有如此之大的损失呢？前月我们和史太林谈话时，他所关心的问题，是如何的切合于群众斗争的需要；他所教训我的——尤其是八七之后，是如何的深切。

可是他的死状，我丝毫也不知道，之华，你写的信里说得太不明白了。他是如何死的呢？

之华，你自己的病究竟怎样？我昨天因为兆征死的消息和念着你的病，一夜没有安眠，乱梦和恶梦颠倒神魂，今天觉得很不好过。

我钱已寄到了，一准21日早晨动身回莫。你快通知云，叫他和××[①]商量，怎样找汽车22日早上来接我，在不布良斯克车站——车到的时刻可

① 原抄存件此处字迹不清。

以去问一问；我这里是21日下午5时……分从利哥夫车站开车。之华，你能来接我更好了！！！

之华，我只是想着你，想着你的心——这是多么甜蜜和陶醉。我的爱是日益的增长着，像火山的喷烈，之华，我要吻你，我俩格外的要保重自己的身体，——我党的老同志凋谢得如此之早啊。仿佛觉得我还没有来得及做着丝毫呢！！

秋白

三月十二日

致杨之华（三）

之华：

临走的时候，极想你能送我一站，你竟徘徊着。

海风是如此的飘漾，晴朗的天日照着我俩的离怀。相思的滋味又上心头，六年以来，这是第几次呢？空阔的天穹和碧落的海光，令人深深的了解那“天涯”的意义。海鸥绕着桅樯，像是依恋不舍，其实双双栖宿的海鸥，有着自由的两翅，还羡慕人间的鞅掌。我俩只是少健康，否则如今正是好时光，像海鸥样的自由，像海天般的空旷，正好准备着我俩的力量，携手上沙场。之华，我梦里也不能离你的印象。

独伊想起我吗？你一定要将地名留下，我在回来之时，要去看她一趟。下年她要能换一个学校，一定是更好了。

你去那里，尽心的准备着工作，见着娘家的人，多么好的机会。

我追着就来，一定是可以同着回来，不像现在这样寂寞。你的病怎样？我只是牵记着。

可惜，这次不能写信，你不能写信。我要你弄一本小书，将你要写的话，写在书上，等我回来看！好不好？

秋白

七月十五日

人物小传

瞿秋白，又名霜，江苏常州人。中国无产阶级革命家、理论家、文学家。上海大学原教务长兼社会系主任。1935年2月被国民党逮捕，6月18日慷慨就义时年36岁。著有《饿乡纪程》《多余的话》等作品。

杨之华是瞿秋白的夫人。1924年加入中国共产党。在瞿牺牲后，她曾与鲁迅等合作，编辑出版了瞿秋白的部分著译。建国以后，历任全国妇联副主席、全国人大常委等职。

朱生豪·宋清如

蝶恋花

——朱生豪

不道飘零成久别，
卿似秋风，侬似萧萧叶。
叶落寒阶生暗泣，
秋风一去无消息。
倘有悲秋寒蝶蝶，
飞到天涯，为向那人说。
别泪倘随归思绝，
他乡梦好休相忆。

> 我不是诗人，
> 否则一定要做一些可爱的梦，
> 为着你的缘故……
> 我多么愿意自己是个诗人，
> 只是为了你的缘故。

想你恋你便是幸福

他叫朱生豪，是一介寒门布衣；她叫宋清如，是一个大家小姐。

他们是杭州之江大学大学同学，她比他晚三届，他比她小半岁。

他是之江才子，夏承焘说他的才华古人中只有苏东坡能相比。她是之江校花，也是才女，施蛰存说她的新诗有“不下冰心之才”。

他们因为诗而相识，因为诗而相知，最后因为诗而相爱。

他很矜持，即使路上遇见她也只当作陌生人。他很浪漫，每两三天给她写一封情书。

他的表面是死水，静默如处子，说话轻声细语；他的内心是火山，只要给他一支笔，他就能使一张纸有灵魂。

大学的相识相聚只有一年，因为他的毕业而分离。

她在杭州读书，他在上海工作。他唯一的爱好是看电影，电影中有的是梦幻；他唯一的吐露对象是信纸，写给远方的她的信。

有一天，他开始翻译莎士比亚。莎士比亚是他跨越400年时空的知己，他找到了安身立命的所在。她送给他一支笔。就是用这支笔，朱生豪翻译了180万字的《莎士比亚全集》，给她写了540多封情书。

他们的恋爱可真长，差不多十个年头，其中写信就写了九年。朱生豪的信写得可真好，情意真挚，缱绻缠绵。这位被朋友笑谑为“没有情欲”的才子，笔底多么丰盛、辽阔，即使不是当事的，但凡读信之人都会为之心动。

信纸上，朱的蝇头小字密密麻麻，如絮絮叨叨的孩子。有时这封信刚寄出，下一封又续上了。想到什么写什么，一句话也成一封信寄出，有的则唯恨纸张太薄，连签名的地方都无。

“我不是诗人，否则一定要做一些可爱的梦，为着你的缘故……我多么愿意自己是个诗人，只是为了你的缘故。

“这里一切都是丑的，风、雨、太阳，都丑，人也丑，我也丑得很。只有你是青天一样可爱。对于你，我希望你能锻炼自己，成为一个坚强的人，不要甘心做一个女人。

“你的来信如同续命汤一样，今天算是活转过来了。

“我们都是世上多余的人，但至少我们对于彼此都是世界最重要的人。

“希望你快快爱上一个人，让那个人欺负你，如同你欺负我一样。

“真愿听一听你的声音啊。埋在这样的监狱里，也真连半个探监的人都没有，太伤心。这次倘不能看见你，准不能活。”

直到1942年，在他们苦恋9年之后，经旁人提议，便于世事及共同生活的考虑，才匆匆完婚。那年宋31岁，朱也有30岁，都是大龄青年了。一代词宗夏承焘为新婚伉俪题下八个大字：“才子佳人，柴米夫妻。”

结婚前他们是才子佳人，结婚后他们是柴米夫妻。

他们很穷，但是他们无所不有。

战争、贫穷和饥饿没有能够阻挡朱生豪。他发疯一样地翻译，工作量从每天翻译3000字加到每天8000字。他的稿费也涨了，从每千字2元涨到每千字5元。不幸的是，大米也在涨，从每石400元涨到每石40万元。

他病了，他看不起病，也没时间看病。她怀孕了，她要做饭洗衣，还要借钱养家。

有人准备写一本《宋清如传奇》，她听了说："写什么？值得吗？"因为朱生豪吧。她答得简洁："他译莎，我烧饭。"

其实，朱曾邀宋一起翻译莎剧，但被宋以英文程度不如朱而婉拒。她担忧耽误朱的翻译进程。所以，朱生豪在世时，宋清如只是扮着读者、校对者、欣赏者的角色。

连这样的角色也没扮长久，1944年12月26日午后，朱生豪病危，临终喃喃呼唤："清如，我要去了。"朱生豪因肺结核等多症并发撒手人寰，留下孤儿寡母及未竟的译莎事业。

这一年，常熟女子宋清如才33岁，稚子则13个月。他们因为战乱而分离了十年，结婚不到2年半却阴阳相隔。一个英年早逝、壮志未酬，留给另一个的是长达半个世纪的守望和思念。正当年华，容颜娟秀，却遭遇如此命运，漫漫人生将何以堪。一般女子，要么以死了之，要么沉沦了，这两样都是容易的。可宋清如不能这样，她身上是负有使命的，朱生豪给她留下31种、180万字莎剧手稿未曾出版，还有他们的幼子，嗷嗷待哺。

一个人有了使命，就有了活下去的勇气。

宋清如的后半生似乎都在赶着做这两样事情：出版朱的译稿，抚养他们的孩子。她要替朱生豪活下来，她要做他没有来得及做的事，人生的风景她要替他一一看过，只为了有一天她与他在那永恒的寂静中，她要一一说于他听。

1977年，在外漂泊三十余年的宋清如回家了，回到嘉兴南门朱氏老宅，住在楼下北面偏屋，这一年她已经67岁了。

小屋的墙上挂着朱的炭画像，许多旧家具还是当年的，她睡的床就是朱生豪曾经睡过的。回忆是与时间、场地、心境相关的，老人爱回忆，一个人离开多年后再回到故事的发生地，也会轻易地被往事勾起涟漪。老年宋清如的回忆磕磕绊绊却又轻车熟路。

当更多的人阅读了朱译莎士比亚后，为其卓然的文风震撼不已，普遍认定其译笔在梁实秋之上。有心之人多方打听，终于获知朱的遗孀清如先生还住在嘉兴东米棚下朱氏老宅内。他们找到她，请她诉说故人往事，沉淀许久的往事在宋清如的心头泛起，她只是淡淡地，与每个到她小屋里来的人絮叨着，她的思路依然清晰。

宋清如这样回忆初次认识朱生豪的情景："那时，他完全是个孩子。瘦长的个儿，苍白的脸，和善、天真，自得其乐地，很容易使人感到可亲可近。"

时间过去太久了，早年的经历——与朱生豪的十二年，往事点点，那些书信，她从来没有真正离开过它们，她所做的一切，她所有的忧虑、渴望，它们都处于共同的时辰，共同的风暴中。她没有别的时间可来对抗这浑厚的记忆。甚至到了晚年，她写纪念文章，与友人通信，这一切都因为他。

《寄在信封里的灵魂》收入的只是朱生豪的信。世人无法看到恋爱中女子的风度，只是一个寡言的男子在纸上絮絮叨叨。尽管我们多么希望看到两人的诗文酬唱，就像张兆和与沈从文间那绵长的情意，这是最大的遗憾。

我们不仅想认识恋爱中的宋清如，更想了解这个孤独的诗人在爱人遽逝后，如何在尘世中生活、爱与写作。我相信，宋清如一直在写，只是她的题材越来越小，小到只写一个朱生豪，一辈子都没有从朱的早逝中缓过神来。

看宋遗留尘世的照片，幼年、学生时代圆脸朝气，身材曼妙，眼神流转。新婚时光穿着旗袍的宋清如，清秀娴静，意气风发，一切皆有可能。她属于那个时代，那个时代也将钟情于她。1947年的照片，秀州中学教书时的半身照，愁思悄然爬上明眸，朝气已消。直到晚年，岁月紧逼、美人迟暮，已是彻底的老太容颜，服饰也变了，故事隐去，前后判若两人。

晚年的宋清如已掸净一身尘灰，时刻听从灵魂召唤，返还那仙乐飘飞、丝竹管弦的宴饮之地。随着宋清如的离世，世上再没有人能深情讲述朱生豪的故事。如今他们俩的故事已合成一体，不再分开。再没有什么能把他们分开。

致宋清如（一）

宋：

才板着脸孔带着冲动写给你一封信，读了轻松的来书，又使我的心弛放了下来。叫他们拿给你看的那信已经看到？有些可笑吧，还是生气？实在是，近来心里很受到些气闷，比如说有人以为我不应该和你交往之类。而两个多月来的离群索居的生活，使我脱离了一向沉迷着的感伤的情绪的氛围，有着静味一切的机会，也确使我对过去的梦发生厌弃，而有努力做人的意思。

我真希望你是个男孩子，就这一年匆匆的相聚，彼此也真太拘束得苦。我只希望把你当作自己弟弟一样亲爱，论年岁我不比你大什么，忧患比你经得多，人生的经验不见比你丰富什么，但就自己所有的学问，几年来冷静的观察与思索，以及早入世诸点上，也许确能做一个对你有一点益处的朋友，不只是一个温柔的好男子而已。

对于你，我希望你能锻炼自己，成为一个坚强的人，不要甘心做一个女人（你不会甘心于平凡，这是我相信的），总得从重重的桎梏里把自己的心灵解放出来，时时有毁灭破旧的一切的勇气（如其有一天你觉得我对于你已太无用处，尽可以一脚踢开我，我不会怨你半分），耐得了苦，受得住人家的讥笑与轻蔑，不要有什么小姐式的感伤，只时时向未来睁开你的慧眼，也不用担心什么恐惧什么，努力使自己身体感情各方面都坚强起来，我将永远是你的可以信托的好朋友，信得过我吗？

也许真会有那么海阔天空的一天，我们大家都梦想着的一天！我们不都是自由的渴慕者吗？为了你，我也有走向光明的热望，世界不会于我太寂寞。来信与诗，都使我快活。每回你信来，往往怀着感激的心情不只是欢喜而已。诗以较高的标准批评起来，当然不算顶好，但以你的旧诗的学力而言，是很可以满意的了。第一首一、二两字平仄略不顺，不大要紧，第二句固是好句子，但蹈袭我的句子太甚，把“犹袭”二字改为“空扑”吧。三四句平顺无疵。

总观四句，略欠呼应，天上人间句略嫩，听之，此诗改为：“霞落遥山黯淡烟，残香空扑采莲船，晚凉新月人归去，天上人间来许圆。”“两人”字重复，因此读来觉不顺口。倘把人归去的人改为“郎”字，却是一首轻倩的民歌。也许你会嫌太佻，但末句本不庄，故前面的人字不能改为君字。

第二首全体妥。“糜”字用得新，也许你用时是无意的。第三首第二句“微波漪涟”重复，“漪”字平仄不押，第四句“万般往事”俗，改为“年年心事”即佳。无端明月又重圃，波面流晶漾细涟，如此溪山浑若梦，年年心事逐轻烟。

三首诗情调轻灵得很，虽然还少新意，不愧是我的高足，我该自傲不是？前次绝句二十首之后，又做了十一首，没有给你看。前面几首较好：

春水桥头细柳魂，绿芜园内鹧鸪痕，
蜀葵花落黄峰静，燕子搂深白日昏。
倚剑朗吟口字栏，晚禽红树北梦残，
何当跃马横戈去，易水萧萧芦叶残。
半臂晕红侧笑嫣，绿时时掀采莲船，
莲魂依魂花依色，蛙唱满湖莲叶圆。
迟雪冲寒鹤羽毵，偶尔解渴落茅庵，
红梅白梅相对冷，小尼洗砚蹲寒潭。

略有宋诗调子，第三四两首都故作拗句。又第九首：秋花消瘦春花肥，一样风烟雨露霏，萧郎吟断数根须，懊恼花前白袷衣。

第十一首：“燕子轻狂蝴蝶憨，满园花舞一天蓝。仙人年幼翅如玉，笑澈银铃酡颜酣。”则是我诗里特有的童话似的情调。天凉气静，愿安心读书。好好保重。

朱朱

一九三三年秋二十三夜

致宋清如（二）

清如：

今天心里有点飘飘然。原因是：一，昨天头痛一天，今天好了；二，天很暖；三，今天星期日，还要工作，虽不开心，然而机器不响，心很静，比在家或走在马路上好一些；四，已定来杭州看你。

后天回家去，十六从嘉兴搭快车一点廿分到闸口，你能来接我最快活。十七星期六，十八星期日，你得陪我玩，不，领我玩。多少高兴，想着终于能看见你，顶好的好人！当我上次得到你的信，一眼看见“不许哭”三字，眼泪就禁不住滚下来了，我多爱你！

心里的意思，怎样也诉说不完，也诉说不出，因此而想起音乐是最进化的语言：一切“散文的”语言文字是第一级，诗是第二级，音乐是最高级，完全依凭感觉，脱离意象而独立了。凡越朦胧则越真切。我梦想一个音乐的天国，里面的人全忘了讲话与写字。这是野话。我知道你顶明白我，但还巴不得把心的第一个角落给你看才痛快。我为无可奈何而心痛，欲抱着你哭。

愿上帝祝福你的灵魂是一朵不谢的美丽的花，我能想着你，梦着你，神魂依恋着你，我是幸福的。

朱

十一日下午

致宋清如（三）

清如：

我知道你不爱见我，但不曾想到你要逃避我，我只是你一个平常的朋友，没有要使你不安或怅惘的理由。见一见你，我认为或者是尚可容许的我仅余的权利，当然我也辨不出是悲是喜，但我总不能抑制着不来看你，即使自己也知道是多事。倘使我的必须是被剥夺去一切人生的乐趣，永远在沙漠中的命运，必须永远不再看见一面亲爱的人，那么我等候你的吩咐，我希望那不会使你感到不安。

我不要休息，也不能休息。有钱的人，休息的意义是享福，可以把身体养得胖些；对于我们这种准无产阶级者，休息的意义是受难，也许是挨饿。我相信我更需要的是一些鼓舞，一点给人勇气的希望。我太缺少一切少年人应该有的热情。

在你母亲的身旁，不要想到我，我不要损害你神圣的快乐。

为你祝福。

朱

一九三四年一月十九日

致宋清如（四）

清如：

气好了吧？即使不是向我生气，我也很怕。什么委屈大概你不肯向我说。

虽我很愿知道。我心里很苦，很抑郁，很气而又不知要气谁，很委屈而不知委屈从何而来。很寂寞，生活的孤独并非寂寞，而灵魂的孤独无助才是寂寞。我很懂得寂寞之来，有时会因与最好的朋友相对而加甚。实际人与朋友之间，即使最知己的，也隔有甚远的途程，最多只能如日月之相望，而要走到月亮里去总不可能。所以一切的友谊都是徒劳的，至多只能与人由感觉所生的相当的安慰，远非实际的。所谓爱尽是对影子的追求，而根本并无此物。人间的荒漠是具有必然性的，只有苦于感情的人才不能不恃憧憬而生存。

愿你快乐，虽我的祝福也许是无力而无用的。

汝友

二月九日夜

致宋清如（五）

好人：

你不懂写信的艺术，像“请你莫怪我，我不肯嫁你”这种句子，怎么可以放在信的开头地方呢？你试想一想，要是我这信偶然被别人在旁边偷看见了，开头第一句便是这样的话，我要不要难为情？理该放在中段才是。否则把下面“今天天气真好，春花又将悄悄地红起来”二句搬在头上做帽子，也很好。“今天天气真好，春花又将悄悄地红起来，我没存什么意见”这样的句法，一点意味都没有；但如果说“今天天气真好，春花又将悄悄地红起来，请你莫怪我，我不肯嫁你”，那就是绝妙好辞了。如果你缺少这种Poetical Instinct（诗意），至少也得把称呼上的“朱先生”三字改做“好友”，或者肉麻一点就用“孩子”。你瞧“朱先生，请你莫怪我，我不肯嫁你”这样的话多么刺耳。“好友，请你莫怪我，我不肯嫁你”，就给人一个好像含有不得不苦衷的印象了，虽然本身的意义实无二致。问题并不在“朱先生”或“好友”的称呼上，而是“请你莫怪我……”十个字，根本可以表示无情的拒绝和委婉的推辞两种意味。你该多读读《左传》。

我没有要你介绍女朋友的意思，别把我的话太当真。你的朋友（指我）是怎样一宗宝货你也知道，介绍给人家，人家不会感激你的，至于我则当然不会感激你。

我待你好，你也不要不待我好。

朱

三月七日

致宋清如（六）

清如：

一向我从不以离别为一件重大的事，而今却觉得十分异样。说些什么话吧，却也说不出来。

想不到你竟会抓住我的心，你纯良的人，然而我也未尝没有逃避的可能。但我不忍飞去，当一天你还记着我的时候。

不就忙回去吧？明天约你到西湖里再坐一会儿划子，去不去告我。回去的话，一定通知我什么钟点，好送你行。你走了之后，不，没有什么。

朱

廿二晨

致宋清如（七）

宋：

要是这世上只有我们两个人多么好，我一定要把你欺负得哭不出来。

我爱宋清如，因为她是那么好。比她更好的人，古时候没有，以后也不会有，现在绝对再找不到，我甘心被她吃瘪。

我吃力得很，祝你非常好，许我和你偎一偎脸颊。

无赖

星期日

人物小传

朱生豪，原名朱文森，又名文生，学名森豪，笔名朱朱、朱生等。浙江省嘉兴人，是中国翻译莎士比亚作品较早和最多的一个人，译文质量和风格独具特色，为国内外莎士比亚研究者所认可。朱生豪为便于中国读者阅读，打破了英国牛津版按写作年代编排的次序，而分为喜剧、悲剧、史剧、杂剧4类编排，自成体系，共译出31部半，曾翻译《莎士比亚戏剧全集》，其译本作品质量与完整性颇受好评。

宋清如，朱生豪的夫人。1933年起即常在《现代》等多种文学刊物发表诗作，被誉为有“不下于冰心女士之才能”的女诗人。因为对于诗歌的共同爱好和朱生豪结为伴侣，并携手进入莎士比亚的世界，对朱生豪的译莎事业起了重要的支持作用。一生从事教育工作，桃李满天下，深受学生敬爱。

后记

亲爱的，我在回忆里找过你

应怿动心灵的驱使，

你是否也曾有过书信互通的习惯，

并为之久久坚持。

写信，字里行间倾注太多情感，

总有道不尽的相思与惦念；

等信，以蜗牛赛跑的速度，

感受着时间流泻的频率，

总有一种怅惘无际，和按耐不住缭绕心头。

诚然，那些与书信为伴的日子里，

内心曾激起过层层波澜。

若干年后，信手捻起一帧洁白的信笺，

沿着光阴的纹路；

叠起一枚“心”的形状，然后寄往回忆里。

我在光阴的这头，如旧地等待。

而你，又在哪里？